嘉倩 / 作品

我只想
成为
英雄背后的
普通人

我只想成为英雄背后的普通人

THE STORIES UNTOLD –
A COLLECTION OF
CHINESE YOUNG GENERATION'S
DREAMS

Wuhan University Press
武汉大学出版社

图书在版编目(CIP)数据

我只想成为英雄背后的普通人/嘉倩著. 一武汉：武汉大学出版社，
2016.8（2019.8重印）
ISBN 978-7-307-17700-0

Ⅰ.我… Ⅱ.嘉… Ⅲ.访问记－作品集－中国－当代 Ⅳ.I253

中国版本图书馆CIP数据核字（2016）第060026号

责任编辑：安斯娜　刘汝怡　责任校对：叶青梧　版式设计：黄柠檬

出版发行：武汉大学出版社　　（430072　武昌　珞珈山）
　　　　　　（电子邮箱：cbs22@whu.edu.cn 网址：www.wdp.com.cn）
印刷：阳谷毕升印务有限公司
开本：710×1000　1/16　　印张：20.5　　　字数：260千字
版次：2016年8月第1版　　2019年8月第3次印刷
ISBN 978-7-307-17700-0　　定价：58.00元

"中国梦"是一个过于抽象的词语，最终，我选择具体呈现。

　　在媒体遗忘的地方，更大基数的平凡的普通人。

　　本书记录了一群 18~27 岁的普通年轻人，他们喜欢什么，忧愁什么，期许什么。

　　—

　　言者无心，听者有意。

　　他们诉说自己的故事，毫不犹豫地表达理所当然的生活态度。

　　—

　　以最大的可能，客观记录，毫无评判。

　　所有他者的言论不过是一面镜子，照出每个人内心的模样。

被访者
–
韩晓强

"中国有十三亿人，其中也许有一亿人非常厉害，在实现梦想，造福社会；有一亿人在迷茫，不知道要做什么，活得尴尬，很挣扎；有一亿人是坏人，正在做坏事，或者预谋做坏事；剩下的十亿人，安安稳稳地过着自己的小日子，在平凡的岗位上班下班，结婚生子，温暖善良。也许这就是我，这就是你，这就是很多人的最终宿命。但正是有这样的十亿人安分守己地过日子，他们带来了社会的稳定。这十亿个人，每个人都是英雄，每个人都是社会的改革者。历史有一块无名的纪念碑，上面刻着我们每一个普通人的名字。"

被访者
–
Tim

"我们每个人的认知都有局限性，虽然眼中的世界不客观，但这的确是我们眼中的真实世界。把所有主观放在一起，有序的，杂乱的，一个个拼起来，不同视角，毫无联系，天南海北的故事汇在一本书上。喏，这就是生活最真实的样子。"

被访者
–
秦博士

"我赞同你只是旁观别人的生活，不给任何意见，通过写作将看到的、听到的写出来。这是一种灌输，教育学中称作'建构主义'。去树立新的观念，你不能把东西塞给别人，你可以做的是提供环境，埋下一颗种子。至于种子能不能发芽，这就不是你的事情了。"

目录
CONTENTS

自序：镜中的模样

1

耳边传来一阵悠长的鸣笛声。

行走在陆家嘴，被冲向云端的陌生高楼所淹没，钢筋水泥的森林，天空不再完整，被分割成不同的小块。二十五年前，这一切尚未崛起，老一辈上海人嘴里念叨，"宁要浦西一张床，不要浦东一间房。"昔日的农田菜地，如今寸土寸金。

我父亲曾经奔跑玩耍的稻田上，盖了商业住宅；度过我整个童年的弄堂拆迁，盖了百货公司。这座我出生与长大的城市，乡愁只是小笼包和泰康黄牌辣酱油的回味，至于她的模样，我的记忆已经失效。我出生于1989年，是独生子女政策被落实的产物，我体验了互联网和智能手机逐渐占领生活的整个不可逆转的过程，也似乎成为了祖国经济飞速发展的见证人。

1989，站在时代的路口。一艘远航船暂时结束了使命，鸣笛靠岸，我所进行三年的"交换梦想"项目也暂时结束了使命，稿件完成，即将抵达。我再一次站在了路口。

2

　　原稿没有自序，出版社认为有必要添加一篇，原因为——书的内容及问答过于克制，仅提供信息，读者们或许期待能在书中读到来自作者本人主观的甚至情绪化的言论。

　　于是，写这篇序的时间点略微敏感。作者将一本书的稿件与相应图片素材打包，交付出版社，点击邮件"发送"时的那一瞬间，作者与书就无关了，过往那些年的所有心血成为作者本人的一段人生经历；作品经过出版社的包装后进入书店，来到与作者素未相识的陌生人家中，成为私人物件。也就是说，当我点击"发送"的瞬间，我已向这本书道别，甚至，由于"交换梦想"项目的呈现方式是以书籍的形式，我也正式在那一瞬间向青春的三年时光道别，迎接下一个人生阶段。站在这个尴尬的交叉路口，尚未开始思考项目结束后的下一步，但是又必须回过头，重温昔日采访的路途，我的第一反应是沉默。

3

　　"交换梦想"，为期两年马不停蹄的采访，一年时间整理素材与书写。过程中，对于项目的意义与目的坚定不移，给我带来十足的动力。然而，作品真正完成的时刻，由于我的性格与习惯所致，认为作品一旦完成，已然拥有自身的生命，不再是作者所能掌控，它会走多远，带来怎样的价值，让时间给答案。

　　因此当你撕开这本书的塑封，对于接下去的文字冒险毫无概念，首先迎接你的是这篇序，此刻它正在我的手指下敲打成形，看来，我不得不说点什么。

　　阅读之前，有三件事非常重要：
　　1.　如果你期待的是曲折离奇的故事，那么，这本书完全不会满足你。

2.　如果你期待的是惊世骇俗的言谈，那么，这本书完全不会满足你。

3.　如果你读书一目十行，那么，这本书可能需要你改变习惯。

第一条与第二条的原因，在于你就是故事的主人公，对，就是每一个时刻的你的模样，以及这个世界可能存在的另一个你的模样。

第三条的原因，我们阅读小说与随笔，往往是被动阅读，跟随文字去天涯海角，看一个道理如何被论述，丰满立体。然而这本书设定为读者必须进行主动阅读，才能读到在背后的故事与寓意。什么是主动阅读？字字句句，将自身带入，一边思考，一边重读。类似照镜子，当你见到镜中的模样，跟随此刻心境：最近发生的事，昨夜见到的人，刚吃的一顿饭……所有的一切，使你的解读产生微妙改变。这本书的选材、呈现方式的设定，以及后期的印刷排版，将适合这样的阅读方式。

接着，你也许会好奇，这本书既没有曲折离奇的故事，又没有惊世骇俗的言谈，为什么世界上会有人用三年的时间，只做这样一件事情：去收集它们？

这本书最大的意义在于真实性。书中每一位被访者是真实存在的，每一句话是真实存在的，难能可贵的是，每一位被访者所表达的每一种感受也是真实存在的。

文字的力量不言而喻，人类在龟壳、在山洞壁画、在千年石碑上，读到了千万年前的故事，因此，该项目的作品选择以文字的形式，将这些真实的人永远记录。

"交换梦想"的发起故事，本书的问答部分将会说明，其中我说了一些关于我的故事，我的内心所想。但是，我似乎未曾提到作为作者，期待这个项目带给读者的收获，解答读者的疑惑。恰好在序中进行补充——我希望以此书向读者呈现真实社会的模样，并且呈现其他的普通平凡人的生活状态。

或许你会对这两个问题嗤之以鼻，又或许你表示同感。先不下定论，让我分享我的经历吧。从小我有一个困扰：我的人生诸多参考来自于小说、电影和媒体（这很正常，因为这是现代人接触社会的方式），即使年龄渐长，除了父母、亲戚以及好友这些少数人之外，我拥有了同事和同行业的人作为参考，依然数量有限；那么，势必在小说和电影的造梦中，我以为每个小女孩都如《天使爱美丽》的主人公那样天马行空，我以为每个小女孩长大以后都如《一个陌生女人的来信》的主人公那样义无反顾，我以为每个恶棍都会被蝙蝠侠这样的英雄打败；那么，也势必在媒体的熏陶下——偶像世界的标签与虚浮，极端事件的血腥与狡诈——构建我对于人性的理解。

　　荧幕之外，那些和我一样的人，他们在想什么？喜欢什么？厌恶什么？我无从得知。尤其是那些选择认真努力地度过一生的人，他们埋头默默做事，生活在与我不相关的圈子。如果未曾有机会成为极端事件的主角，被媒体塑造，他们只会是这世界默默存在过的人，我从未知道的很棒的人。即使如果偶然交集，我们也仅是形成某种社会关系，我们无法拥有更深入的谈话（譬如病人与医生）。

　　极端事件的主角会有媒体进行报道，名人、明星更是媒体追逐猎奇的对象，况且随着自媒体的发展，擅长表达的人拥有了一片天地。但是，始终存在一块缺失——沉默的大多数。在这块缺失中，我找到了我认为的新闻理想——用记者的眼睛去看，去感受，不但采访，并且住在新闻之中，进入当事人的生活，获得最真实最深刻的体验与素材，最终客观呈现社会的模样。

　　翻读内文，你将很快发现，这本书取材与呈现方式的与众不同。

　　除了序，全书内容总体分为三部分。第一部分，结构为被访者言论的摘取和相关的采访笔记，提供愿意被公开的被访者照片以及资料；第二部分，结构为被访者言论的摘取，保护对方的隐私不公布照片，但是记录年龄、所在城市和工作信息；第三部分，关于"交换梦想"项目本身，以问答形式介绍该项目。

两年的采访，庞大的素材库，结合采访笔记，整理成为八十万字的初稿，经过反复删减，尝试不同的呈现方式，由于素材足够，最终选择言论形式，完全客观，彻底隐去"我"的存在，并且内容丰富的程度足以撑起一本书（具体原因在问答部分有解释）。我希望带来的阅读体验是每一页、每一段、每一句，都为读者带来思考与感触。

在项目的发起和执行过程中，我曾热血沸腾地挥舞着"新闻理想"的旗子，信誓旦旦地想写出一部真正的这个社会所缺失的"新闻作品"。三年，随着项目临近尾声，我渐渐不再提及，也许因为成长，也许因为"新闻理想"这四个字被我反复咀嚼、思考、沉淀，我意识到，新闻不是理想，新闻也不是一件伟大的事情。作为记者，将所见所闻如实呈现，这是本职，根本上，提供信息是新闻的使命。至于变革社会的理想，这与新闻无关，更与行业无关，而是每个人留存内心的一股力量，爱我所做，做我所爱，认真生活。

毫无疑问，每个时代都有独特的模样，"中国梦"是一个过于抽象的词语，最终，我选择具体呈现。在媒体遗忘的地方，还有更多的平凡的普通人。本书记录了当下一群18~27岁的普通年轻人，他们喜欢什么，忧愁什么，期许什么。

这是一代值得被研究的人，是中国独生子女政策被落实的一代，是有史以来唯一的一代独生子女。这一代中国年轻人，见证了互联网逐渐改变世界的整个过程，见证了中国在世界格局中地位的改变。国家经济繁荣，和平稳定，相比上一代，这代人的物质资源优渥，适应能力强，自我意识觉醒，眼界宽，见到过更多生活的可能性。然而，相比下一代，这代人却是胆小保守的，有想法常常不敢行动，与父母关系紧密但被束缚。

希望这本书百分之百的真实性，能为相关的学者提供有用的参考与素材。希望这本书的平凡与普通，使同时代的人阅读时获得共鸣，不同时代的人阅读时增进相互了解。希望这本书的取材与呈现形式方便任何人阅读——不同文化背景，不同职业岗位，不同生活作息。

本书将为你带来一种前所未有的阅读体验：无任何导向，无任何指引，根据此刻正在思考、困惑以及所经历的事件，引发回响，从而进行解读，无关是非对错，怀抱敞开的心态，因为最终你所评论的一切都只关乎你个人，正如照镜子，照出的全是你自己的模样。

请一定记得主动阅读，把每一篇、每一段、每一句话，占用你一小时，甚至一天的时间进行思考，反复咀嚼。全部读完后把书放在一边，你会发现这本书并未真正意义上地读完，书中的一些句子在日后的时光会与你不期而遇，当你再次拿起这本书，重新阅读，发现每一字一句又有了新的模样。这是一本读不完的书。

嘉倩

2016.3

CHAPTER

1

我只想成为
英雄背后的普通人

/001

上海 / 律师 / 23 岁 / 工作第一年

NAME 云蔚

"律师这份工作，时常会遇到很坏的坏人，但我会一直是个好人。男朋友和我说过，这个世界上很多人是好人，未必很聪明；很多人虽然聪明，却未必是好人。所以，我的梦想是去做一个聪明的好人。"

"好人会希望好的事情发生在自己的身上，也发生在别人的身上。即使有一天被骗了，发现世界没有想象的那么好，我会难受，我会闷掉，可是睡一觉醒来，我还是这样的一个我。"

—

见面那天，我和云蔚约在南京西路的王家沙，一人一碗小馄饨。

她刚从律师事务所下班，身着黑色职业装，披肩长发，端庄沉稳。

她在上海出生，上海长大。

大学学习法律，这是父母为她做的选择。

学习之后，她发现不讨厌。顺利通过司法考试，进入现在的事务所工作。

Shanghai
Lawyer
23Y
Work 1Y

商守航

Tianjin
Bus station dispatcher
23Y
Work 1Y

"我是天津人，一名公交车调度员。我不知道这份工作会做多久，但是每天我都过得很开心。我只想做一件事，那就是把今天过好，把要做的事情做好，然后睡觉，醒来时不后悔。"

"我喜欢五月天。想到他们，不是想到偶像，不是想到信仰，而是想到某一句歌词，我可以听《温柔》听到哭，听《倔强》听出共鸣。每次演唱会我总是买两根荧光棒，一根现场用，另一根带回家当作纪念。演唱会的票根我也会收藏，我经常买五月天的明信片，几百张几百张地买来，寄给同样喜欢五月天的陌生人。未来我还会一直那么喜欢五月天，争取我的孩子也是个小五迷。到了 80 岁，我会把荧光棒换成拐杖，去听他们的演唱会。"

—

他开口说话，一嘴浓烈的天津口音普通话。

他疯狂地喜欢五月天，我们去 KTV 一起唱歌，他不但五月天的每首歌都能唱，还能将主唱阿信的所有动作、所有演唱会上说过的话，一字不差地记起。

作为交换梦想的物件，他交给我一条 StayReal 手链，乐队主唱戴过的款式。

/003

北京 / 程序员 / 25 岁

NAME　Echo

Beijing
Programmer
25Y

"我的梦想是出国以后再也不回来，在北欧的一个小村庄安家，开一家小书店，过简简单单的生活，一想到这样的生活就有股想哭的冲动。同样是村庄，我不想回老家，村里人活得越来越现实，谁厉害，混得好，就去依靠谁，谁不好了，爱理不理。我不知道是大家变了，还是我长大了，懂得了人情世故。"

"我想成为一个历经沧桑，内心仍然温暖的人。知道如何运用圆滑和世故，也知道什么时候、什么情况下不需要运用我的圆滑和世故。"

—

我在北京见到她，她小小的个子，身穿温暖橘黄色的毛衣。

她来自江西的一个小村庄，有一个亲弟弟。

小时候，她是放牛娃。

每到农忙时，睡梦中被妈妈叫醒，开始干活，先为家里人洗衣服，然后牵着牛出门。她瘦小，常常被牛踩一脚。回忆童年，她笑着告诉我，牛看起来老实，其实很狡猾，会偷吃地里的庄稼，一旦被抓住，头往一边歪过去，似乎在狡辩，但嘴里明明还在咀嚼麦子。

　　为了进入一所不错的大学，她服从调剂。
　　对于网络工程专业，起初她没有任何概念。
　　现在她渐渐喜欢编写程序，因为在她失恋无助的时候，辅导其他学生考研、半夜写代码，"一旦忙起来，感觉好多了，还可以靠自己的技术赚钱。"

NAME **罗伟**

Wuhan
Office worker
24Y

"我只想成为英雄背后的普通人。"

"我选择成为普通人，不是为了父母牺牲自我。我想追逐梦想，可以大胆地去，因为父母没了我，他们还有养老金。我是心甘情愿平凡的，每一个人都想成为英雄，但不一定每个人都会成为英雄。每个英雄背后总有很多推动英雄成长的人，那些平凡的人也在履行自己的社会责任，所以，每一个推动英雄的普通人也是英雄。"

"过平凡生活的勇气，大过于追求梦想的决心。"

—

深夜的武汉，他匆忙出现，带着女朋友。

他刚下班，至于为何约在奶茶店，他说隔壁是他曾就读的高中，意义重大。

他是土生土长的武汉男孩，常常想很多。

最近，他刚发现为什么北方人爱吃面，南方人爱吃米饭。

"我是这样想的，北方水源稀缺，所以他们经常下面条吃，面条的水能反复使用；南方水多，直接让米饭吸收了也不打紧。无论对错，想通了，给自己一个解释，晚上才可以安睡，不然老是不断想啊想。"

"工作以后发现世界和想象的不一样。想和朋友一起创业，但又害怕影响感情，所以一直没有行动。我很担心现在的工作一做就做一辈子。"

"未来无论创业与否，朋友很重要。少联系的话，明天叫出来一起玩。"

"有了孩子，不要管太严，现在爸妈管我很多，我很不自由。将来如果孩子不工作，去做喜欢的事情，我会保证孩子衣食无忧，这样就不会向孩子提很多要求了。"

"我没有出去过，因为武汉是我长大的地方，武汉很好，我不想离开。武汉的每条街我都知道历史，而且，这里也有我许多的回忆，有和我一起长大的朋友。"

北京 / *中文系学生* / *20 岁*

"我在北大念书，这件事并不稀罕，北大每年都有几万人来念书，很多人最后也不过平凡收场。读大学的这两年教会我做人要谦虚，这个世界很多人很优秀，但是更多人的想法和我们不一样，要试着理解。"

"爸爸妈妈过分考虑我的人身安全。假期，我一个人出去玩，爸爸晚上担心得睡不着，这一点我实在无法理解。去南京住青旅，我不觉得怎么样，爸爸又认为我受委屈了。我和我妈抱怨，她说，这就是你亲爹，不然你期待什么。"

"十年后我已经 30 岁，到了女人的分界线，渐渐老了。到了 30 岁，我会穿高跟鞋，又瘦又高。那时候我还不想结婚生子，独立自主挺好的。我看我妈的人生，她把所有时间都给了下一代，对于自己是一种摧残。无论将来我是家庭主妇还是女强人，我未来不会后悔，因为我是从现在开始一步步成为将来的模样的。"

NAME 刘骉

Ha Erbing
Film photographer
24Y

"我没有上过大学，我喜欢女人，我是同志。"

"小学压力大，大家都是满分，我考了 95 就是倒数。我不戴眼镜，周围人读书都读成了近视眼，所以我一直觉得自己是笨蛋。上中学，晚上九点还要补课，简直是监狱。可是后来我成为美术生，去职校学画画，天天很轻松，老师还教我们跳华尔兹。"

"当年买了部单反，后期调色太费劲，接触胶片，发现没有后期烦恼，不同胶卷还有不同的色彩风格，每次冲洗总带来惊喜，哪怕过期的胶卷，颜色也会很不同。有一天，我发现不拍照不知道要做什么，因为我要么在家看别人的照片，要么在外面拍照。找工作的时候，我发现除了拍照我什么都不会，所以我要一辈子拍照，有钱了就去买镜头，要饭也要拍照片，干我想干的事。"

"我的梦想是出影集，办影展。目前我在拍摄一个系列——不同的姑娘在逆光中的胶片照，在我看来，这是女孩最美的时刻。我不追求物质，我也根本不会有孩子，爸妈有养老保障，不需要我，所以我没有负担，完全可以去做我想做的事。"

—

刘羴，哈尔滨人。

她把所有具备摄影功能的数码器材都卖了，为了培养用胶片机的习惯。

因此，她用一款老旧的诺基亚手机，只能打电话和发短信。

我们进行交换梦想，她为我拍了一组逆光照。

为了得到满意的照片，她一会儿爬梯子，一会儿蹲墙角。

她认为，拍照带给她的乐趣是可以自己找乐子，随时随地，捕捉美好。

她有个女朋友，相爱很久，感情稳定。

母亲生她的时候是少女的年纪，早婚早育，潇洒开明。

NAME　李飞龙

Dalian
Office worker
26Y

　　"我家是营口农村的，爸妈希望我留在大连，他们觉得外面好，能出来就不要再回去。可是，我的梦想是回老家，在爸妈身边有个照应，而且回去农村一点也不可怕，苹果、梨子、桃子、西瓜，只要用心浇灌，总有收获，但在城市里很多事情不是这样子的。"

　　—

　　"千里万里走不出爱的时空，大连是我心中的永恒……"
　　我们在星海广场放天灯，借着酒劲，他放声歌唱。
　　多年前，正是因为刘欢的这一首《大连之恋》，飞龙来到大连工作。

/008

成都 / 会计系学生 / 20 岁 / 绵阳人

NAME 高小凯

Chengdu
Accounting student
20Y
Mianyang

　　"我读会计，虽然我的生活不怎么有趣，但是我有许多对我而言很重要的小事——我一个人背包去了康定、稻城和亚丁；11 月的时候，爸爸 49 岁生日，我搜集了全国各地 80 多张写满祝福的明信片送给他；2012 年 12 月传说中的世界末日，我回家和家人一起开开心心过冬至节。"

　　"人生真的很短，必须把每一天过好。你坚持简单，就过得简单；坚持动荡，就过得动荡；最尴尬的是卡在中间，所以，一定要选择其中一种，好好过下去。"

　　"我的人生有三大梦想。有生之年去很多地方，画一张行走地图，分享所见所闻；开一家咖啡馆，教大家做美食；开一家书店，一楼卖新书、CD、电影碟片，二楼弄个旧书阅览区。我希望 30 岁的时候已经在做这些事情了。"

/009

大连 / 大学生 / 20岁

NAME **大鹏**

"我一直觉得爸爸妈妈之间没有爱情，两个人在一起从来没有幸福过，三天一小吵，五天一大闹，时不时还家庭暴力。我不知道一家人在一起的幸福是什么滋味，我从小就和爸爸妈妈很少沟通。我很抑郁，想很多问题，包括人为什么活着。"

"我现在的答案是——人活着，为了给自己珍惜的人一个依靠。"

"关键是每天过得开心，别的都是扯淡。我现在对自己的要求就是：当时要快乐，事后别后悔，坚定走下去。说到梦想，我有两个。第一，年薪达到六位数，老婆孩子哪怕整天发呆也能过上比较有品质的生活，老婆想不想被养是她的事，能不能养得起老婆就是男人的事了。第二，等我死了，有那么三五个跟我非亲非故的人，在没事闲着或者吃饱了撑着的时候，他们会想到我。"

Dalian
College students
20Y

/*010*

重庆 / 护士 / 25 岁

"别以为护士在生活中也是温柔的，白天上班时已经榨干了最后一滴耐心。"

"我的梦想是健健康康的，家人朋友都在身边。我家有点特殊，我被阿姨带大，后来才和爸妈一起住，沟通一直困难。我希望爸妈身体健康，这话从我嘴里说不出，所以将来有孩子一定要自己带。我很怕死，所以热爱生命。我有点懒，过安逸的生活已经很满足。来医院工作，这是被家人逼的，面对了发现也没有那么难。不管生活给你什么，坦率接受和面对，这就是勇敢。有时候遇到不开心的事情，想到晚上可以大吃一顿，然后又开心了。"

Chongqing
Nurse
25Y

—

她是我采访的第一名护士，我们在重庆见面。

她努力存钱，只为了飞香港看一场陈奕迅的演唱会。

对于这件事，周围的护士们都不能理解，"她们一心想着去嫁人。"

说完，她匆匆赶去医院值夜班。

NAME 孙昱泽

Beijing
TV station staff
24Y

"我是北京人，毕业后在电视台工作。爸妈不同意我辞职，他们认为有保障最重要，我问他们什么是保障，他们回答我，如果我走上了职业台球手的道路，将来我老了就没有养老保障，他们不放心。"

—

北京男孩孙昱泽，见面那天，他带来了约定的台球杆。

这支台球杆他用了四年，放在一个黑色长条木盒里。他交给我，作为交换梦想的物件。

他正和朋友筹划开会所，如果成功，他不但能在会所一直打台球，也能向父母证明他可以给自己保障。

"有一天，我成为了一名职业台球手，打进最后一颗球，站在距离球案最近的地方，举起我的球杆与奖杯，亲吻我最爱的女孩，这是我的梦想。梦想是我们心中最纯真的想法，在别人看来也许幼稚，对自己而言却是最美好的。"

珠海 / 职员 / 24 岁 / 工作第二年

NAME　**小芯**

"我是中规中矩的路人甲，但是我不想一直做一名小职员，我的梦想是开一家给小朋友说故事的店。这曾是我毕业后的第一份工作，在珠海一家儿童中心当'讲故事的姐姐'。我要写教案，也要练习讲故事的语气和表情，最难的是学习普通话，你知道广东人要分清前鼻音后鼻音有多难吗！为了加强普通话，我天天练绕口令，练到舌头打结。最有趣的是要变声，我喜欢变大灰狼的声音，哈哈！"

"那段时间真的很开心，喉咙常常哑掉，可是从没觉得累。我心想我太幸运了，那么年轻，立刻就找到了自己喜欢做的事。只是这份工作的收入太少，最后我还是离开了。现在我在一家外企做人力资源，工作地点距离儿童中心只有五分钟的路。这么近，那么远。"

Zhuhai
Office worker
24Y
Work 2Y

—

周末，我和她在珠海的一家酒楼喝早茶。

作为交换梦想的物件，她给我三本儿童书。翻开书，她神采飞扬，对着我讲故事。

NAME　**乔晔**

Beijing
Drop out
20Y

　　"这一年，我休学了，每天泡在物理所做一些自己的实验项目。"

　　"这一年，我得到了我想要的，补到了需要的知识，学到了向往的技能。前两年在学校，时间都浪费在一些不必要的事情上面，没有人真正在做物理实验，大家都太守规矩，连挪动仪器都不敢，问他们原因，他们说是上一届的人也没挪过。虽然毕业延迟，但不影响我的生命轨迹，我不延迟就不会得到那么丰富的一年。"

　　"周围的人一个个远离我，我能理解。当一个人很勇敢，追随内心，做出和别人不一样的选择的时候，身边的人即便内心赞许，行动上也会疏离，划清界限。"

　　"老实说，我不太喜欢'梦想'这个词，太梦幻，太缥缈。我还是喜欢用'理想'，可能是源于理科生的偏执，觉得理想是那种能通过自己的谋划，一步一步接近的东西。"

　　"我希望未来的我在物理研究所，每当有了新想法，立刻动手做实验，认真狂热地做一些真实的东西，我不想变成那种只会用高深物理学语言唬人却又没有贡献的学者。物理，我要做一辈子的，如果不做了，只可能是因为不可抗的因素——我傻了。"

"我能想象的人生最低谷就是脑子傻了，不过变傻的话，自己也不知道，挺好的，不会难受。只要没有变傻，我手上本事还是有的，至少我现在已经有能力做一些有用的事情了。将来我想用物理知识去做一些实际的应用，为企业和国家机构提供某些有用的技术支持。不管收入多少，做到什么地位，总之，去做一个有用的人，真正付出劳动，获得成就感。即使赚很多钱，但是做的事情没有意义，换一台机器也可以去做，这种人生不值得活。"

外祖父是一名大学教授，在其熏陶之下，乔晔从小的理想是成为一名科学家。

高考后，离开家乡青岛，他来到北京，成为一名物理系学生。

我在北京见到他，他穿着大红色的冲锋衣，向我讲述他的故事。

"办理休学的过程中，发生了很多故事，起初我以为办理休学和请假没差别，结果牵出那么多波折，期间我故意装神经病，还收获了一个女朋友……"

NAME **董鑫**

"英国读研，毕业后回国，可是我不想留在老家，更不想被安排去银行上班。我的梦想是成为一名记者，不是所有的话都能说出口，但是说出口的都是真话。我认为，通过新闻推动社会的发展，这是所有文科生能做的最有意义的职业。东北的媒体不发达，所以我必须去北京闯一闯。"

"也许绕一圈最后又回到哈尔滨，我不觉得那是失败。年轻时候去闯荡去折腾，没有选择安逸，很佩服自己。谁知道呢！接下来另一个阶段，可能回家安顿成为新目标。了无遗憾地生活，这是我所追求的。"

Harbin
Graduate
24Y

/015

沈阳 / 私塾学生 / 18 岁

"这三年我在私塾学习，每天读四书五经，课程是国学、武术、古筝。早上三点起床，晨读到五点，然后锻炼身体，七点吃早餐，研究经典，十点开始锻炼，学习音乐。大家对私塾有些误解，其实我们也是很青春很有朝气的年轻人。"

"最近我发现书法很美，无论是笔墨的气味，还是每一个中文字的结构。我还发现古筝的韵律很美，不输给钢琴。我的梦想是回湛江老家盖一栋房子，成立私塾，教孩子们中华传统文化，空闲下来和朋友喝茶聊天，写书法，弹古筝，研究中医，学习造纸术。"

Shenyang
School students
18Y

/016

成都 / 工科女博士 / 27 岁 / 临近毕业

"我是一个慢热的人，起初被调剂到石油专业，我不喜欢，但是日久生情。我们专业女生少，现在觉得自己还挺酷的，一路读到了博士。以后有小孩，孩子想做什么我都会支持，考古之类的，去吧！妈妈还是读工科的女博士呢！我自己的体验让我明白，勇敢去做喜欢的事情，得到父母的支持，这比物质支持珍贵太多太多了。"

"我的梦想是成为一名大学老师，每天打扮儒雅地站在讲台前。"

—

Chengdu
Engineering female doctor
27Y
Eear graduation

这个淳朴的工科女博士，来自山西农村。

最近她考试压力大，嗓子哑了，脸上长着星星点点的痘痘。

她有个姐姐嫁到太原，离老家不远，父母安心了。因此，父母现在唯一的期盼是她早日回到身边。

距离毕业只剩下两年的时间，她很为难，如果回老家，意味着放弃交往十年深爱彼此的男友。

"我不可能为了他留在成都，爸妈会不开心；

他不可能为了我去山西，那里没有他的前途。"她落下眼泪。

"十年，没想到我的整个青春留在了成都，读博士，还有一个男朋友。成都教会了我，人活在世上，除了事业，还要学会享受。成都人看起来懒，其实大家只是不紧不慢地做事，这是我最喜欢的一点。这些年我们成都变化很大，去很多国家不需要转机，能直达了，虽然我还没有出过国。哈哈！'我们成都'，说出口的时候，我觉得我属于这里。"

/*017*

北京 / 地理信息分析员 / 27 岁

NAME　沈凡

Beijing
Geographic information analyst
27Y

　　"大学，我被调剂到冷门的地理信息分析专业，这是地理学科下的新兴专业，用计算机软件处理带有地理的信息，然后分析它们，帮助更好地做决策。我很幸运，我的表哥学这个专业，他展示给我冷门专业的前景，所以从一开始我有了学习的动力。"

　　"我的办公室在国贸最高的大楼，从窗外望去，看到的是这座城市的污染物，我想念北荷兰的春天。北京太大，人太多，不可能实现每个人的梦想，真正想要实现梦想的人应该再走出去。无论未来如何，我依然会坚持去做我喜欢的三件事——历史，画画，地理。人生分为两部分，一半是工作，另一半是工作以外的生活，两个平衡就会过得很好。很多在工作中拔尖的人，生活往往也是快乐的。"

　　—

　　已经入夜的北京，他还没有离开国贸，带我去了办公室，讲述他的故事。

　　电梯飞速上升，从巨大的落地窗俯瞰北京城。

　　他是一名地理信息分析员，西安人，祖辈父辈做科研。

他曾在荷兰生活，性格里有荷兰人的影子：一丝不苟，言出必行，使命必达。

　　周末，我约一群北漂聚餐，一人做一道家乡菜，所有人空手前来，准备在附近超市买食材，只有他背着书包出现，一棵巨大的芹菜横出包外。

NAME **任文**

Dalian
English translator
25Y

"我和我的先生有同样的梦想：在有生之年，去不同的地方体验生活。所以现在我们每隔两三年换新的工作，搬去一座新城市。我来自武汉，他来自深圳，我们已经在厦门生活了一段时间，现在搬到大连。我们还不准备买房，买房会被困在一个地方，租就可以了，我们也暂时不准备要孩子。"

"可是我爸完全不能理解，他这一辈的人，觉得结婚成家了，男方一定要买房子。但我认为婚姻是我和丈夫之间的事，把日子过好，房子不重要。"

—

我住在任文家。

母亲在她读中学时去世，如今，婚后的她将父亲接到身边，一同生活。

第一个夜晚，任爸爸为我们做了一桌子的美味小菜。

/019

广州 / 大学生 / 20 岁

NAME **杜樱梓**

"我喜欢吃面包，小时候我和朋友说过，将来长大了，我要开一家面包店，这样我就有吃不完的面包。我的梦想是回老家开面包店，用自己做的小手工装饰，我会边唱歌边开心地做面包，做出好看的样子，面包香香的。每个来我店里吃面包的人，吃完后会很开心。如果我做的面包不好吃，我会多读书，多请教别人，一定不会放弃。"

Guangzhou
College student
20Y

—

作为交换梦想的物件，她把亲手缝制的手工作品交给我。我愣住，是个钱包。

她说记得看过我的文章，有篇写过，我是个没钱包的人。

钱包上面，缝了一个穿红色连衣裙、扎两个辫子的女孩。我不可思议地指着边边角角的缝线，密集规整，和缝纫机踏出来的一模一样。

"这是你手工做的吗？"

她害羞地点点头，"图纸放在布上面，按照形状剪出来，再缝合，塞上棉花，连接小零件。我做了很久，眼睛盯着看，后来晕了，但是很开心，特别是做好的时候。"

　　我们约在天河城见面，她对四周的环境有些恐慌。她说话声音很轻，有时我听不到，只能看嘴形和表情。"小时候我特别向往广州。过来念书后，我发现大城市有很多挑战。刚开始来这里的时候，一个人出去坐车都会害怕。"

020

成都 / 毕业生 / 22 岁

"'读万卷书，行万里路。'大学四年，我对这句话有了全新的见解，顺序其实应该是先'行万里路'后'读万卷书'。基础的经典教育在大学以前都有了，其他知识是根据工作决定的，所以，大学应该走一些路，在沟通交流中去体验别人的生活，从而确定具体要走什么路，然后再次读书的时候往事历历在目，更容易豁然开朗。"

"我的梦想是成为一名村官。对比高高在上的办公室，只有从事基层的岗位才能去做一些实实在在的事情，比如走进农村，为农民增收胡萝卜，这是我的爱国行动。"

临近毕业，他即将告别成都，回到山西老家。

我们在武侯祠附近的藏餐馆见面，他坐下，第一句话是，"其实还没想好要跟你讲些什么故事，可能就是想找人聊一下吧，最好是个陌生人，这样的话，我不用在意通过一些故事让你对我有什么看法或评价。"

"我在一所财经大学读英语专业，我们班大部分

同学和我一样，都是被调剂过来的，只好认命。这是
个比较尴尬的专业，目前找工作也尴尬。高考填志愿
的时候，我不知道自己喜欢什么，随大流填了财经。
如果时光倒流，我会选择社科类，比如社会学、历史
学，虽然工作也不好找，没有太好的收入，但是可以
研究一些有用的东西，以有趣的视角看世界。"

　　"受周围人的影响，大学这四年，我学会了沉
下去，过自己的小生活。我慢慢地不去多想，简单
一些，生活快乐一点，和朋友玩在一起，八卦万岁。
最后，祝我找到工作吧！"

乌鲁木齐 / 护理专业学生 / 20 岁

NAME **雅洁**

Urumqi
Nursing student
20Y

"虽然爸爸妈妈觉得护理专业容易找工作，但是他们不承认这个专业，每次和别人说起，都不好意思说女儿是读护理的。我的梦想是让他们知道没有白生我这个女儿，所以未来我不会成为护士，也许去当老师吧。"

"将来如果我的孩子选择护理专业，我会很骄傲，因为我学习过，知道这门专业的辛苦，并不是外人想象的'帮人打针'那么简单。在学校，我们和临床专业的医学生一样，必须学习生理、药理、生化……医生给病人开刀，后续工作靠我们，给病人再次呵护，帮助他们更好地恢复。这份工作需要操很多心，付出很多。"

—

在乌鲁木齐，我们见面，雅洁是本地长大的汉族女孩。

中午收到我的短信，她说，原本兴奋得想翘课，抓住机会和我聊天。

室友们也怂恿她，趁着年轻，一定要疯狂地去做喜欢的事。

但是，她忍住了。

三节护理专业课结束，入夜后，她匆忙出现在我的面前。

　　"很想问十年后的自己，过得开心吗？实现梦想了吗？生活还是这样一成不变吗？每天有没有细微的或者意想不到的惊喜？研究生我想考出新疆，去别的地方看看。将来我还是会很认真很努力，就像今天下午，明明很想翘课，还是上完三节课再来见你。一想到这样的努力，就会被自己感动……（哽咽）我相信努力过了，总归不会失望的。"

/022

武汉 / 咖啡馆老板 / 27 岁

"我爱机械，一个刻度一个刻度，非常精确。
开一家摩托车工厂，自己组装摩托车，这是我一直
以来的梦想。骑摩托车带给我自由的快乐。将来有
孩子了，再组装一辆小摩托车，一起在路上追风。
孩子会骄傲地说，老爸是技术宅！未来孩子想做任
何事，我都会允许，但是有三个前提：一是孩子要
有道德感；二是好的教养；三是对于真实的社会有
一定的认知。"

—

武汉户部巷附近的一家咖啡馆，打烊后，老板
说起了他的故事。

他一身嘻哈打扮，反戴鸭舌帽，接近一米九的
大高个。

白天，他在一家医疗器材公司上班；夜晚，他
在咖啡馆打理生意，学做咖啡；到了周末，他沉迷
在摩托车和机械世界之中；偶尔在假期中，他飞到
上海，师从朋友研究啤酒酿造技术。

最近他正苦恼一件事，"世界上那么多人，各
种各样的兴趣爱好，我却觉得孤独，那个与我同样

Wuhan
Cafe owner
27Y

爱好的人，我该如何遇到？"

　　"长大后，已经很少那么认真谈论自己、谈论梦想了，这是唯一一次。和朋友之间几乎不怎么聊自己的事，梦想这东西，和哥们聊就是开玩笑用的。"

/023

武汉 / 毕业生 / 22 岁

NAME **饶华**

Wuhan
Graduate
22Y

"读大学的四年，我不在家，每天爸妈下班了，他们只做一件事：上网看我在不在线。我老是下课就跑出去玩，以前从来没有意识到。有一次我没有网了，妈妈看我一整个晚上不在线，以为出了事，着急打电话过来，这件事我觉得太心酸了。现在每天到点了，我就打开手机挂在线上，不让他们担心。"

"马上要毕业了，我很舍不得离开武汉，闭上眼我都知道从学校怎么去光谷。武汉让我见到了不同的人，那些在小城镇见不到的人。回家以后，妈妈肯定会给我安排工作，然后一年、两年，我渐渐变得安于现状，不出去了。我不怕妈妈不再让我出去，我更害怕的是我自己不再想出去了。我曾经在北京实习过半年，生病独自跑医院，当时大哭，很想回家，我意识到我不可能离家太远、太久。回老家以后，我的梦想是开咖啡馆，小小的就行，种很多花草植物，再养一只大狗在门口。"

—

饶华带我去昙华林的一家咖啡馆，大水的店。
我们在楼上的露天阳台坐下，她欣喜地看着周围。

NAME　**汪欢**

Harbin
Graduate
22Y

"上大学之前我什么都不懂，全由爸妈安排。初三那年，升学压力大，爸爸动不动就打我骂我，那时候太压抑了，找不到活着的意义，差点自杀。"

"高考填志愿，离家越远越好，没有人认识我，认识我的人找不到我。我哥在武汉上大学，离家太近，爸妈每个月都去帮他洗衣服做饭。可能是一直见到的原因，在他们眼里我哥还是个孩子。我离他们远，管不到我，关系反而越来越好。以前我根本无法和他们沟通，两句话也说不到一起，现在距离远了，我们终于可以聊聊了。"

"我有很多梦想。我想自学建筑学，画出自己房子的草图，对时政有基本的了解，藏书超过两千册，我还想考高空跳伞执照。我对未来充满信心，十年后，我一定会活得很快乐。"

—

"工科男的大学四年很简单，上课睡觉，下课打游戏，保研当学霸。我也玩游戏，不过很快就不玩了，觉得无聊，去尝试一些奇怪的兼职，发传单、走 T 台。我是一个孤僻的人，但我不觉得不快乐，比如，吃饭为什么要和别人一起吃呢？一群人的时候肯定会有矛盾，有人要吃海鲜有人要吃肉有人要吃素，还不如自己吃。这段日子一直一个人，似乎找到了活着的意义，那就是好奇心。我想去体验很多，不仅是生活层面的，还有知识的体验。"

"我不认可爸妈的生活，他们很苦，过得节俭，真的没必要。我爸省下来的钱，有时只够我吃一顿大餐的，我好奇我妈怎么和他在一起。未来我成为爸爸，孩子绝对不让我爸妈带，我也不要他们给我孩子灌输概念。"

"30 岁之前我不想结婚，我喜欢玩，生活那么多的可能性，不想被框死了。而且，30 岁之后我才有能力去爱一个人。我觉得爱情不仅仅是一种，还有很多类型，我相信一见钟情，也相信日久生情，可是我现在很自私，只能把所有的爱给我自己。"

/025

迪拜 / 空姐 / 22 岁 / 工作第一年

NAME **GSY**

Dubai
Air hostess
22Y
Work 1Y

"我年纪小，不介意一直漂泊，也许十年后我还在迪拜当空姐，位置做得很高，服务头等舱。有一天不做空姐了，我也没有回国的打算，会去其他国家。我不想家，完全不想。"

"从小到大，我的梦想是环游世界。因此，在飞机上哪怕有再不开心的事情，我都会提醒自己，我已经活在梦想中了。工作后第一个飞的地方是苏黎世，站在苏黎世的市中心，手里拿着钱，住五星酒店，我很迷失。哇！以后的生活就是这样子的啊！可能期待太久，实现了，第一反应不是尖叫，而是，哦，这样子，很平静。有时回到迪拜我会内疚，因为太忙碌，乘客想要泡面，结果被我忘记，飞机着陆才想起。"

"爸妈不为我感到骄傲，在他们眼里，我必须去哈佛上大学，然后去世界顶尖的地方工作，这才是成功。他们认为现在的我只是世界顶尖服务员。可是，在我身边的空姐就有牛津剑桥学历的。而且我也很清楚，就算我做了律师之类的顶尖工作，爸妈还是不会为我骄傲，只是会觉得我做得还不够好。"

"未来我不准备要小孩，因为小孩五六岁的时候，我是他的全世界。父母犯错了，会在孩子的性格上留下很大的影响。而且一旦有孩子，我一定不飞了。"

—

南开大学毕业，她来到迪拜，成为空姐。

在机场，她来接机。第一眼见到她，小小的个子。

她笑着说，当时脱鞋摸高的测试勉强通过，阿联酋航空对身高要求较低。

凌晨，她的航班任务飞首尔。

她一边化妆打扮，一边向我介绍，"每次飞行前，我们会有安全提问，还会被检查制服，连指甲油也有统一的要求，还有统一背包、随身箱和托运箱。"

我送她去登机口，她打着哈欠，有些疲惫。

再次见面，她从首尔的航班飞回迪拜，睡了半天，倒时差。

"那天告别，我上飞机就工作，中间 45 分钟睡觉，一闭眼，立刻睡着，还打呼噜！哈哈！"

盘锦 / 交通警察 / 25 岁

NAME **王警察**

"从小，我的梦想是当警察抓贼，现在我做到了，很开心。"

"我在盘锦出生，盘锦长大，盘锦工作。不久前我去相亲，不知道成不成功，我想有个女儿，小小的，可爱的。接下来我会在盘锦结婚，盘锦生孩子，盘锦退休。我不向往外面的世界，因为生活到哪里都是差不多的，都在一个圈子里面，需要的朋友就是那么一些人，买东西除非是奢侈品才去大城市，但我又不需要。回家有爸妈在，过得开心舒服，挺好的。"

Panjin
Traffic police
25Y

—

他开车，带我去他的办公室，盘锦交通大队。

路过一个十字路口，有个交警站在路边，他摇摇头，"刚工作的前两年，我也在马路上做'吸尘器'……"

等待红绿灯，他缓缓踩下刹车，前面停了两辆车。

他开玩笑，说："逃离大盘锦吧，你看我们这里那么堵！"

NAME 李想

"我很孤独，特别是在学校。有一回，老师问什么是最重要的事情，大家的答案一模一样：买房、买车、找工作。一次偶然的机会，我去了教会，遇到的每个人都告诉我，'要快乐，有朋友。'那一瞬间我找到了归宿。我的梦想是去全职研究神学，可是家人都觉得信教这件事无法理解，不是正常人该走的路。"

"未来的我会围着围裙，穿得很居家，做东北大炖菜、茄子土豆。周末去教会，房子是租的，没有很多钱，钱都用来帮助别人，或者出去玩。"

Changchun
Engineering college student
21Y
Mongolia

—

"大学填工科，我以为可以有一技之长，总能找到工作。结果发现不是这回事，公司觉得女的要结婚要怀孕生子，宁可招男的。"

"未来成为妈妈，我不会把自己的梦想放在孩子身上。生活在一起，已经很开心。如果没有孩子，我见过教堂里快 40 岁的单身姐妹，她们过得也不错。"

NAME **张宗毅**

Xi'an
Resignation
24Y
Work 2Y

　　"高二时候，我成绩差，全年级 375 人，我几乎垫底。和当时的女朋友已经交往四年半，提出分手后，我顺利考到了前十名。大学时候交了新的女朋友，历史再次重演，分手后，我的成绩一路飞升。我发现一个悖论：我找个女娃，承诺一个未来，并且每天陪着她，我就没有时间学习，没有时间奋斗，我人比较笨，不认真读书就读不好书，不认真工作就做不好事，那就没办法给她一个未来。结论就是——根本不用在一起。"

　　"我的工作其实不错，很多人羡慕，可是这一年非常辛苦，熬夜、喝酒、出差、写报告、开会……有一次为了跑业务，出差 23 天，我一共去了陕西 19 个县城，最后看到长途大巴我就想哭。出差住酒店，wifi 都是自动连接的。跑业务的时候，我必须喝酒，哪怕和那些陕西老板说我对酒精过敏，他们也会给我倒酒，拍拍我的肩膀说，喝多了就没事。"

　　"我的挫折感很强烈，我想过慢一点的生活，过得洒脱一点，健康一点，工作以后我连翻书的时间都没有，我却懂得了很多酒桌文化，比如和对方喝酒，我就说，我喝啤酒，对方喝水，我们比谁喝到最后，也许你会觉得我吃亏了。事实上，喝一瓶水就会撑肚，但是啤酒不会。逐渐地，我变成了当初我讨厌的那种人。"

　　"我身边很多同事常常把辞职挂在嘴上，可是没有人行动，因为他们有妻子，有小孩，还有房贷。现在的我还年轻，没有事情可以束缚我，一无所有，有的是时间，也只有时间。"

"一直以来，我的梦想是去德国生活，与其说是去一个具体的地方，不如说是向往的生活状态。我喜欢有规律的生活，每件事情都有一个时间表，我也喜欢秩序带给我的安全感。有一次在西安等公交车，我见到有人排队，我很开心，走过去排在他身后。十年后，我已经离开中国。我穿得很休闲，在德国和你见面，我不会中年发福的，哈哈，我的关注点有点奇怪吧！未来的路会很辛苦，坚持下去，偶尔放松去打球。追求梦想的路上没有攻略，每走一步都是历史。"

—

他来自湖北的一个小县城，爱打篮球。

他最经典的形象，穿一身《灌篮高手》的制服，背双肩包。

24 岁生日那天，他没有许愿，直接行动，递交辞职信。"当时有一种释然，也有一种惶恐。"辞职后的第三天，我和他见面，他的情绪没有平复，滔滔不绝，说了很多话。

昆明 / 咨询行业 / 24 岁 / 入职满一年

NAME 豚豚

Kunming
Consulting industry
24Y
Work 1Y

"去年的今天，我在咨询公司入职。我是空中飞人，这一年有 200 天在出差，做访谈写报告出方案，每天睡三四个小时是常事，加班到凌晨，打车到机场赶飞机。很多人难以适应这样的工作节奏，咨询行业的人员流动率很高。虽然疲惫，但我喜欢这份工作。"

"只是我会偶尔怀疑自我价值，特别是遇到国企单位。在国企，人的因素特别大，并不是你客观正确就可以了，而是要让领导满意，要喝酒，要说奉承话。"

"总体来说我是开心的，可以去很多地方，接触不同的人，体验不同的生活。而且每到一座城市，我是去工作，不是观光旅游。每当我和当地人打交道，都是为了搞定一件实实在在的事情，这种感觉很好。"

"我喜欢足球，喜欢巴西队，我的梦想是去里约热内卢，在马拉卡纳球场看一场球赛。生命是一种体验，我无法容忍自己过随波逐流的生活。（经历这）一切之后，我会风轻云淡地说一句，所有的经历都是值得的。"

—

见面那天，她刚巧飞到沈阳出差。

她是昆明人，曾对北京充满向往，如愿考入中国人民大学，学习经济专业。

毕业后，留在北京工作，雾霾加房租，抹去了北京的神秘感。

"我的过去和北京有关，但是我的未来和北京无关。"

NAME **小三黑**

Kunming
University freshman
18Y

"初中，我的第一次旅行是和同学去丽江，后来独自去厦门。"

"回来的时候，周围一切都没改变，也没有发生任何事，我却不再是原来的我了。"

"高一那年逃课，跑出去一个月，上海、青岛、西塘，接着又去了北京。我高三没怎么去学校，在家自学，那时候我就想，如果我有孩子，为什么要逼迫他上学？我会带孩子去非洲看动物大迁徙，去马达加斯加，去那些稀奇古怪的地方。旅行，是一种生活方式的选择。"

"高考填志愿，很多人想去北上广，我不想去，很怕看见了那些美好，自己却没办法拥有。"

"我考砸了，但我觉得以后要过的生活、想做的事情，和毕业证无关，所以没有复读。"

"睡在我下铺的姑娘，一个人背包去欧洲自助游，很酷。最近我一个人跑去泰国，之前想了很多，遇到坏人怎么办，语言不通怎么办。坐上了飞机，再也不去想。后来我明白了，想到了就去做，有一张机票就立刻出发。"

"我的梦想是开一家奶茶店，每种奶茶的名字都是我少年时代遇到过的人的名字，我想把我和每个人之间的故事冲调成奶茶。每个人各有特点，他是温柔的，他就是原味的；她是冷漠的，她就是咖啡味的。哈哈，我是可乐味的。我还有一个梦想，死后把器官捐给社会，做一点贡献。我和妈妈说过，生不带来死不带去，埋在那里也没用，不如去帮助别人。"

"接下去的计划，大二考导游资格证，毕业考会计资格证，然后去加拿大读研究生。一直坚持画画，去广告公司工作，同时设计好看的文具，或者去新东方教英文。混得再烂，至少还能回老家摘普洱。将来出去旅游花自己的钱，我觉得这是一件很棒的事情。一直在路上，永远自由，不被束缚。"

NAME 崔同学

"我是一名医学生。在老家,我的同学高中一毕业就去打工,现在赚了很多钱,我依然在学校。我的青春是在自习室度过的,没有时间游泳,没有时间打球,没有时间玩电脑游戏,偶尔打羽毛球,不过这也是很久以前的事了。"

"选择什么就坚持什么,不论干什么,只要认真就可以干好。去做了,做下去,会越来越好,越来越喜欢。生活就是看心态吧。"

"我选择一直读到博士,因为当医生是一件有意义的事情。现在很苦,如果在未来可以治好一个病人,家属因此而开心,我觉得这是值得自豪的事情。博士毕业后,我想去大医院工作,成为外科医生。越好的医院肯定有越多病人,希望工作不要太累,有自己的生活,每年有一段休假能出去旅游。不要赚很多钱,能在济南买房就够了。可能的话,把爸妈从老家接到济南,虽然他们不喜欢大城市。"

—

他姓崔,正在山东大学医学院读临床。
他的说话声音平稳,戴一副镜片很厚的眼镜。

Ji'nan
Clinical medical student
21Y

　　"每次回家，亲戚朋友知道我学医，脖子疼，或者身体哪里疼了，都找我看看。今年过年，老同学带孩子来找我，八个月大的婴儿，拉肚子，消化不良，去医院看不好，治了很长时间，问我要怎么办。我有时很为难，他们什么问题都来找我，我还在学书本上的知识，没有实习经验，我不大懂，也不敢乱出主意。"

　　"临床医生特别累，每天一百多个病号，每个病号三分钟，往往一上午连上厕所的时间都没有，肯定字也写得潦草。病人各式各样，有的人来到医院一定要医生给治好，治不好就要告我们，现在还有专业医闹。另外，很多检查贵，是因为机器贵，和医生的收入无关，医生的收入是真的少。"

　　"我想知道，在未来，中国医疗环境好些了吗？社会更好了吗？现在到处弄虚作假，很多人不是真正做科研，而是为了赚钱。在这样的环境下，我希望我可以静下来，未来不要成为我现在讨厌的那种人。"

"大学毕业，我留在英国工作一年。一个人静静生活，很淡然。回国后，在浮躁的上海，我继续过着在英国时候的生活，慢慢的，缓缓的。因为不想挤地铁，所以比别人早一点出门，每天第一个出现在办公室。"

"现在回到深圳，生活反而跌入低谷。在父母身边，没有在上海和英国时的快乐了。父母思想中的'稳定'和我的'稳定'不一样，我的稳定是内心安稳，他们的稳定是体制内的保障。对于生活，我的要求很简单，正常的时间点下班，周末参加学习小组，经常和朋友见面聊天。一直以来，我的梦想是写作，虽然投身招商引资行业，我总和自己说，作家这个职业，财务压力大，所以现在的痛苦是为了积累小说素材，以后将这些冰冷的经历写出来。"

Shenzhen
White collar
25Y
Work 2Y

033

东莞 / 工厂打工人员 / 24 岁

NAME 熊炬

Dongguan
Factory workers
24Y

　　"我们村里出来的年轻人，大部分初中辍学，到城里当农民工，年轻时候在外面挣钱，老了回家务农。我是唯一读到大学的，因为我希望借助读书逃离原来的命运。读书很累，戴眼镜也很累，我很羡慕那些不戴眼镜的人。大学选专业，我不知道自己喜欢什么，调剂到生物，我不讨厌它，也就读完了。"

　　"下一份工作，我希望去做我喜欢的事情——市场。做市场每天都要和人打交道，影响别人的决定，写出有杀伤力的广告语，我觉得特别厉害。比如真功夫快餐店，它的口号是'营养还是蒸的好'，我很喜欢，一听就记住。我想自己写出这样的广告语，别人仿照不了，听到就立刻想到我们的产品。我的梦想是在有生之年创造一条商业传奇口号。"

　　—

　　这是我第一次来到东莞。

　　熊炬约我在他工作的工厂见面，他穿着白衬衫，看起来很精神。

　　他做自我介绍，"我叫熊炬，熊熊火炬的熊，熊熊火炬的炬。"

　　平时忙碌，他很少买书阅读，一次巧合，在网络电台听到我文章的有声朗读版，搜索并关注了我。

"对面的中学，很多东莞老板把小孩送来读书，有几次我见到直升机停在屋顶，他们居然这样送小孩上学，太有钱了！"

"我大姐也在东莞打工，她生孩子那会儿，每次我回湖北老家都帮她带家乡的鸡蛋，又大又好吃，这里买不到。以后，我的孩子会在城市长大，可是我不会卖掉家里的田，我希望孩子也能体验我长大的农村生活。"

"做市场需要陪客户喝酒，不过，我没看到过我们工厂老板喝酒，只是偶尔抿两口，靠说话让客户折服，我想做那样的人。十年后，希望 35 岁的我不要发福，不要有啤酒肚，穿着西装，坐飞机出差，上飞机前我吃了麦当劳。这是我想要的工作状态，有事可做，时常出差。"

NAME 邱杨

Beijing
Graduate
25Y
Looking for work

"语言很奇妙，开口说英文的时候，我成为了和说中文时完全不同的我。即使同一种语言，不同口音说话，也会有所改变。说美式英文的时候，我感觉我很开朗，很欢快；说英式英文的时候，我变得严肃内敛。语言不仅是工具，它所表达的感觉也是基于对文化的认识。我的梦想是成为一名同声传译的顶尖译者。一句中文，思考如何用英文表达，也许一开始想到的版本不能完全达意，到底怎样说才是最好，这个过程很有趣，而且让我很有成就感。十年后，35 岁的我正在欧洲看风景，接触不同的人，通过我喜欢的翻译事业遇见了那个爱的人。"

—

北京，大风吹走了雾霾，也吹得头发狂乱飞舞，静电四起。

我和邱杨在一个晴朗的春日见面，她即将离开北京，回老家成都。

高考填报志愿的时候，她没有想法，不知道将来想做什么。

这样的情况下，填报并选了珠宝鉴赏专业。

后来，她发现珠宝鉴赏和想象有落差。实际上，大部分时间在实验室进行对石头的物理和化学研究。

　　她根本不喜欢这个专业，熬了四年，但是，她不后悔，她说这四年她学会了最重要的一件事："把我逼到了一个极限，再也无法勉强我去做不喜欢的事，不能将就。"

　　"来到北京读研，学习语言，我的眼界大开。人的眼界开了，几乎不可能缩小的，这里是一大堆人可以实现梦想的地方，很难说我喜不喜欢北京，这里的空气很差，我还得了结膜炎。"

NAME **佳琳**

"被别人羡慕的东西，往往浮于表面。我曾经天真地以为，进入设计行业，可以设计有风格的建筑，像科幻电影一样天马行空。设计师常年都有到处考察的机会，我以为可以参观学习。事实上，甲方的审美决定了一个设计的最终稿，每年单位组织的考察活动也只是走马观花，甚至变成购物团。"

"我的梦想是有一天有勇气辞职，少在乎别人的想法，少在乎钱。生命很短，我不要活了十年，和过了一天一样。"

—

她明天去欧洲考察，和我约在中午工作的间隙一起吃饭。

在胜利街附近，那里有一整排即将拆迁的老红房。她说，许多有历史的武汉建筑，如今已被夷为平地：苏联建造的桥、百年牌坊、博物馆楼……

她是武汉人，穿着高领毛衣，说话有条不紊，干净，有气质。

对这排老红房，她有着特殊的情感，每天上下班都会路过，这是她作为老武汉的记忆，她的童年在这样的院子里长大。

大学，建筑设计系毕业后，佳琳如愿进入一家甲级建筑设计院，成为一名规划设计师。丈夫是在单位认识的建筑行业同行，勤恳工作，孝敬父母，他们相爱多年。

虽然拥有这样完美的人生，但她并不是真正快乐。她羡慕一位设计师，从不错的事务所辞职，带着画本去世界各地看建筑，不但在专业领域越来越厉害，甚至出版专业书籍，同时过着喜欢的生活，见多识广，每天如同冒险。

不久前，佳琳做了个小手术。"每天加班，长期坐在电脑前，腰部长了东西。在我们这行业很常见，身边的同事一个个都是小病缠身。"

/036

哈尔滨 / 在美国的留学生 / 19 岁

NAME 于天放

"大人都和我说，我迟早会吃亏，因为我总忍不住对别人好，掏心掏肺。我也很想知道，这一切值得吗？我没有吃过亏，所以不清楚，其实我从心底期待被人骗，期待又害怕，万一遇到很大的事情就惨了，会不会是一个很奇怪的想法呢？不过，早一点经历，应该更好吧。"

"十年后的我 30 岁，很好的年纪，现在我长得就挺像 30 岁的，感觉不遥远。我很向往未来，男人的 40 岁是最有韵味的时候。我的梦想是拥有一间音乐工作室。很想问十年后的自己，那时候我有什么？没有什么？有多少是自己真正想要的？有多少是没有但很想要的？有多少是不需要的？怎么去拥有那些想要的？不想要的抛弃掉该付出多少代价？无论如何，命在，从头再来。"

Harbin
international student
19Y

—

于天放，哈尔滨人，正在美国的一所商学院留学。

我们走在索菲亚教堂门口，他指着一旁的曼哈顿酒店，说："小时候，我对美国没有概念，只知道曼哈顿。现在去了那里念书，看到曼哈顿就觉得亲切。"

037

佳木斯 / 国企职员 / 26 岁 / 入职国企半年

NAME **小郭**

Jiamusi
State owned staff
26Y
Work 6M

"结婚生子，这些事我没有想过，我想和爸爸妈妈过一辈子。现在我每星期回一次家，妈妈给我洗衣服，做好吃的。进国企，我是为了爸妈才去的。爸妈都希望孩子在体制内，过安稳日子，宁可花钱买个稳定的职位。当时，我爸和老总关系好，正赶上有缺口，我就进来了。国企不缺人，一个萝卜一个坑，怎么都进不去。通常不对外招人，都是某个人的孩子。所以，国企里面的人很复杂，做事要关系。一般我和同事说话就是工作办事，不多说。我在尝试喜欢这份工作，还是有成就感的。同事休假，我帮忙做理赔，一个农民死了，留下老婆孩子，这家人需要钱，我们给了 12 万元，感觉帮到了别人。"

"初三那年，我很有勇气，不想读书，休学一年。大学时候，我在哈尔滨，毕业后留下来工作。一个人租房，冬天很冷，每天五点天不亮就起床，挤一个小时的公交车去上班，整个冬天没有一次迟到。我很珍惜这份工作，时不时还有考核，为了能升一级，我连高考也没有那么认真复习过。我把题目拍照，存入手机，挤车的时候站着背答案。那段日子很苦，可是我很怀念。"

"现在的我，26 岁，还有想法，但是没了勇气。老了，安逸久了，没冲动了，以后也没多大念想，有房有车，稳定的工作和收入，做什么没关系，我已经妥协了。将来如果有孩子，我也会给孩子铺路，但是我不强求，不留在身边也可以，我会赚足够的钱，雇人在我生病的时候照顾我。"

—

她的家乡在距离佳木斯一小时车程的县城。

中午，她从公司溜出来，带我去新玛特商城附近的茶室聊天。

半年前，父母车祸住院，她重新审视她的生活，最终选择回到佳木斯。

"爸妈出车祸，姥姥去世，我完全失去了安全感，天塌了一样，我觉得必须在他们身边。可是，除了能陪在爸妈身边的时间多一点，我现在很不开心。在哈尔滨的时候，我没想过要回佳木斯，那时候想，最次也绝对不是到佳木斯……"

038

延吉 / 毕业生 / 22 岁

"大学四年，我胖了 40 斤，学会了喝酒，也学会了辩证看世界，不再百分百去相信。这个时刻，告别大学之际，我在思考大学精神。最开始，我以为大学精神是泡妹子，后来以为是不断去折腾。我身边的大部分同学，他们对打游戏很有激情，对其他事情都有些冷漠。"

"现在的我，没有特别喜欢做的事情，我比较喜欢钱，有钱才可以有梦想。特别是在中国，很多事情钱排在第一位，所以我想创业，但是爸妈不支持，始终停留在'创业是开一家店做买卖'的传统认识，和他们解释得越多，他们越是迷糊。我会坚决地去创业，希望他们原谅我，不要觉得我没有孝心。"

—

他在延边大学读书，来自白城，即将毕业回老家。

我们一起去珲春，一座口岸小城，位于中国、朝鲜、俄罗斯三国的交界处。

一路灰蒙蒙的山与江水，路过防川，对岸的朝鲜触手可及。

他告诉我，老家很小，出租车没有计价器，他

Yanji
Graduate
22Y

从小盼望和外面的人交流。

　　"我舍不得离开延吉，这里比家乡热闹，夜生活丰富，晚上十点钟左右，大排档才刚开始有生意。年轻人爱打扮，很新潮。朝鲜族注重礼仪，耳濡目染之下，回到家，爸妈很惊喜我的改变。可是延吉开销大，工作机会少，回家乡能立刻找个安稳工作。很多人回到老家，做的都不是当初学的专业，这很正常。同学差不多都回老家了，有的人一辈子留在家，再也见不到了。"

　　"读大学的最大收获，归功于延边大学的气氛很社会化，锻炼我们过早地适应社会，很多校友一毕业就去当公务员，十分顺手。"

NAME **李婕**

Beijing
Journalism student
20Y

"新闻提供了一个机会，首先去了解一件事，而不是下论断，然后才去表达所了解的，将它写出来。这种职业习惯会带来开阔的眼界。新闻，与其说是抵达，不如说是一次打开，和这个社会建立联系。"

"在学校，如果你说你有新闻理想，会被周围同学嘲笑，认为幼稚。至于那些内心默默有新闻理想的人，老师说，进入工作后，很难走得远。以后成为新闻人，我没有完全的勇气去打破或者突破黑暗，但是我不会走进黑暗，我不是黑暗的完全对立面，我会在新闻学院教给我的原则范围内做事，我不是反抗者，也不会同流合污。希望十年后，我还是崇高的我。"

—

我们一起吃饭，她和我面对面。

她在湖南的县城长大，来到北京读大学，期间去欧洲交换半年。

"欧洲交换的时候，我去了很多城市，也看到了不同的可能性，比如言论自由，比如人权。欧洲圆了我小时候的梦。"

"好多事情，没有第一时间和父母说，因为我知道他们的情绪比我还要强烈，我想等以后说，这和信不信任、考不考虑他们没关系。"

　　"对我来说，大学不是为了学知识，而是渐渐去明白想要学和应该学的是什么。"
　　"现在我很好奇一件事，人越老，时间的消失感越强吗？"

/040

长春 / 发电厂职工 / 26岁 / 工作第六年　　　　*NAME* **李梦涵**

"直到今天，我仍然记得我这一生最光彩照人的日子。"

"15岁那年，我站在人民大会堂的舞台上演出。"

"11岁，家里送我去北京学舞蹈。学了三天，他们问，想回山东读书，还是留在北京跳舞？我说，我想留在北京。"

"全封闭式教学，清一色女孩子，家长不来探望，我们就不能出去。老师都很严厉，不严厉的话容易出事，民族舞、芭蕾舞，很多翻腾的动作，会骨折，甚至会瘫痪。不过，基础训练的时候，没受过伤只能说明是在混日子。三分之一的时间上文化课，其余都是专业课，很多人以为跳舞的没文化，这是误解。一个舞者没有文化，怎么能诠释和演绎音乐的内容？"

"原本以为我会过上自由自在的生活，从事艺术，天马行空，可是骨子里的听话把我拴着了。人活着，如果为自己活，不考虑父母的感受，这样太自私。爸爸四处奔走，将我安顿在发电厂，编制内。在爸爸眼中，这是他能给我最好的礼物。至于跳舞，他认为能跳出来的太少，吃不饱饭。"

"在他们眼里，政策一天一个变动，无论如何，电力最牛、最稳，他们享受过好处。事实上，现在

Changchun
Power plant worker
26Y
Work 6Y

我只想成为英雄背后的普通人　　**063**

不是最黄金的 90 年代了，我们这一辈在经历国企的变革，爸妈却依然认为国企最好。"

"最近，我工作的发电厂倒闭了，我照样有工资拿，等待重新分配，一点也不愁，可能这就是他们想要的安稳吧！"

"单位安置员工，那天，我填完表，开车回家，在车里大哭一场，感觉白活了六年，没有积累任何满意的东西。20 到 26 岁，这六年在发电厂，活得不清楚，不明白。人只有做自己喜欢做的事情，思路才会清晰，反之，那就是混，六年好像只是过了一天。"

"刚上班的时候，我很认真，热情十足，想把事情做好。看看现在，我变成这样，得过且过，因为是国企，领导不能拿我怎么样。我知道我改变不了大环境，只能去适应，随波逐流。和一线不一样，在办公室上班，一切努力是为了应付领导。一个不做事的人不该得到的都得到了，做事的人还是一直轮不到，傻干不如巧干。我的同事老孔，他工作卖力，很敬业，简直是劳动模范，可是干到最后什么变化都没有，什么认可也没得到。"

"我的梦想是成为一名舞蹈老师。去发电厂报到前，差一点做到了，那是我第一次凭借自己的本事获得一份喜欢的工作。一对夫妇开办拉丁舞兴趣班，我去兼职做形体训练老师，他们问我愿不愿意长期做下去，但那时家里已经安排好了工作。直到今天，兼职赚来的第一笔钱，300元，我没有动过，放在信封里珍藏。"

"跳舞从未离开过我的生活。跳舞的时候，每当音乐响起，什么都可以忘记，抛下一切，不再想一时解决不了的麻烦，很纯粹。这两年我开始喜欢拉丁舞，这种舞蹈可以把人的情绪拉进去，一个人一种性格一种舞蹈，我对民族舞和芭蕾没有强烈的喜欢，弗拉门戈年纪小演绎不出来，肚皮舞属于妩媚妖娆的人，我喜欢国标舞——外表沉稳，但是内心小激情。"

"站在舞台上，我从来不会害怕。上次去北京代表单位演出，排练的时候有人担心，我的动作很好看，但脸上没表情。我心里清楚，走上舞台，音乐响起，灯光一打，一个爆发点，我就全部到位了。有些东西必须保留到上台的一刻，假如在底下消耗完了，你就没有东西了。"

"小时候学民族舞和古典芭蕾，那时候没有选择，学校教的是这些。现在我觉得华尔兹很美，和心爱的人一起跳，多好多浪漫！既是舞伴还是情侣，事业和生活上最完美的搭档。"

"到了一定的年纪，岁数大了欲望小了，生活就是大部分了，至少我庆幸在精神上比周围的人富足，因为我有爱好。"

—

发电厂采访之旅，我来到长春，小峰安排我住在他的女同事家。

小峰介绍，"她很独立，工作这些年，靠自己买了车也买了房。"

第一眼见到梦涵，她开车来地铁站接我们。

腰板挺直，走路说话，一举一动，流露优雅气质。

这段时间，白天小峰带我去各大发电厂参观讲解，夜晚我和梦涵一起生活。她的公寓很大，我们一起窝在沙发上看电视。她喜欢舞蹈比赛真人秀节目，一边看，一边评论舞者的姿势与表情。

客厅的柜子里摆放一排旅行纪念品，最近她去了云南，带回来一只手鼓。

等待重新分配的日子里，她去各个地方旅行，工资照领。

她很照顾人。我和她挤在一张床上，夜晚她给我盖被子，早晨又为我做蛋饼。

　　不过，她有个奇怪的习惯，晚上不吃饭。

　　一个夜晚，她开车，带我去长春的一家咖啡馆，小小的，暖黄色灯光，她与老板相熟。

　　那天，她说了很多关于她的故事。

041

广州 / 毕业生 / 22 岁

NAME **席纪强**

"我的家乡到处都是山，翻过这座山，后面还是山，交通不方便，所以穷。我回不去原来的生活了，回去了，也不知道要以什么姿态面对。"

"大学期间，我时常翘课旅行。最疯狂的一次，怀里揣着 180 元，坐上去拉萨的火车。想去一个地方，如果总是下不定决心，买一张火车票就行。到了点，不得不上。我的梦想是找到我爱的那个她，和她一起去看世界，不再是我一个人旅行。"

—

Guangzhou
Graduate
22Y

对于土木专业的纪强而言，翘课旅行是他与生活对抗的方式。

广州建设六马路，六月阳光洒入星巴克咖啡店，我和他见面的那天，他刚下火车，结束 50 个小时的硬座路途。闭上眼，他说他还能听见呼伦贝尔草原上嗡嗡叫的蚊子，奔腾的马蹄声。

"土木土木，人也又土又木。每天都是钢筋、结构、混凝土型号、工程进度、工程造价，心和钢筋一样冰冷单调。我想试一下这个社会的深浅，很多人提醒前面有坑，但是我就想跳下去看看，确认一下。"

NAME 莹莹

Ji'nan
Medical student
24Y

"小时候，爷爷到齐鲁医院看病，我们在手术室门口等他，地上铺泡沫板，睡在医院走廊，我们感到很无助。所以我能体会患者和患者家属的心情，恨不得炸掉医院。很神奇，我现在又来到齐鲁医院，而且穿上了白大褂。"

"一开始我没想过要学医，这是一个好朋友的梦想，结果她成绩不够，成为了体育生，我却学了医。十年后的我会拿着手术刀，一台又一台地做手术。我不害怕，完全不害怕。做手术带给我的快乐，那就是专注于一种专注的感觉。"

—

第一次见到莹莹，是在医院。

小小的个子，细细手腕上一块小巧的手表，穿白大褂。查房的时候，她跟在医生身后，手上有一个巴掌大的笔记本——也不算笔记本——装订的一叠草稿纸。

一位病患，农村妇女，怕影响儿女，独自来医院做手术。

医生问，上一次什么时候开刀的？女人实在想不起来。

沉默之中，莹莹开口，"去年的十一月，还有一次是在今年三月。"

她很认真，戴着半框眼镜，声音清脆，不强硬不软弱。

她不化妆，不打扮，一把抓的马尾辫。

第二天手术，她是医生的副手，我也跟随进入外科手术室。

准备阶段，她熟练地给已经麻醉的病人清洁。医生用电刀切开面部，她不紧不慢，配合地用仪器吸血。即使瞬间大量的血涌出，她也很镇定，没有任何恐惧。

全程六小时，她一直站着，专注于手术。

我和她吃饭，约在医院外面。她披下长发，果然是个漂亮女孩。

作为交换梦想的物件，她交给我一份无菌的刀片和针线，代表了她的外科医生梦。

"业余时间，我也有爱好，我喜欢吃好吃的，哈哈！"她捧着一杯她最爱的珍珠奶茶，喝了一口，幸福洋溢。

/043

哈尔滨 / 毕业生 / 22 岁

NAME

Ben

"高中时候，我读文科，大学志愿被爸妈操控，进了工科学校。一个文科生学习工科，回家看书什么都看不懂，我总觉得大学的这些年把我给荒废了。身边很多人和我一样，在爸妈的束缚下失去了原本的追求，变得特别懒，特别空虚。人们都说，活着是为了爱你的人，也是为了你爱的人，这个我不否认，但是做到了又很可怜，这辈子没有办法去做喜欢的事情，这很痛苦。"

Harbin
Graduate
22Y

"我的梦想是开一家有咖啡馆气息的青年旅社。我喜欢青旅，可以结识朋友，像一个没有利益冲突的大家庭。家乡对我的束缚很大，思想保守，我不喜欢，未来我想去南方生活。"

—

他来自内蒙古，身材高大。形成强烈对比的是，他说话腼腆。

"看到'交换梦想'活动，我想参加，因为我很迷茫，听听别人谈梦想，也许以后我对自己的梦想会更加坚定一点。"

NAME 王瑞琴

Xi'an
Hotel staff
25Y

"我是一名普普通通的酒店员工，负责前台的日常事务。"

"我的梦想是通过自己的不断努力，做一个能干的职场白领。"

—

瑞琴，陕北人，她是一家连锁酒店的工作人员。

一个夜晚，我住进她的员工宿舍。宿舍距离她工作的酒店不远，在一栋居民楼房内，隔壁是正在施工的工地。打开房门，两室一厅，几乎没有家具。没有窗帘，工地灯光照射下，整个房间敞亮。

下班后她很疲惫，立刻入睡。

早晨起床，我眼圈发黑，问她，你不觉得很吵很亮吗？

她说："一开始我也睡不着，久了，也就习惯了！"

这份工作，从毕业到现在，她已经做了五年。

我和她一起去前台上班，她总是忙碌。"客房223退房，谢谢。""客房315清洁已经完毕了吗？"

每个同事都尊重她，听她吩咐。

早晨 7:40，人们匆忙赶路，早餐摊位冒着热气。

瑞琴指着眼前的无名小道，兴奋地说："看！两旁的树那么多，那么绿，一直通到很远的地方，看起来很像微博上那些很遥远很梦幻的地方。每天上班经过这里，心情会特别好。"

NAME   # Cathy

"初三那年，第一次接触化学知识，再也没有动摇过信念：我以后是要当化学家的！当不成化学家，也要老死或者被毒死在化学实验室！"

"我把化学书放在一眼就能看见的地方，即使没有时间好好读化学书，也愿意它在手边，或者藏在枕头底下。高中宿舍，我睡下铺，我把元素周期表贴在上铺的床底板下面，伸手不见五指的黑夜里，窗外漏进一点光，照到某个元素，让我知道它就在那里，在我身边。哎，后来因为宿管不允许，被撕掉了。一睁眼就看见元素周期表，我该多么热爱每一个清晨啊！"

"高考填志愿那天，原本由我来填，结果爸爸改了我的志愿。填志愿是一辈子的事，我跟他吵，要把化工类放在首位。可是爸爸最终为我做了决定，他说，化工类的专业或多或少对身体不好，女孩子还是身体最重要。在清华读到博士后的表叔也来劝我，前阵子，他的一个老同学由于接触太多化学物质，结果死在化学实验室里，而且没有结婚，留下家里两个老人。"

"我很难过，没有机会老死在化学实验室里了。"

"现在我学习生物，很少接触化学。不能死在化学实验室，我只好成为一名营养师，创造食疗法，吃东西可以治病，还能赚钱养活自己。有一种巧克力，速溶的，搅拌棒的样子，放在热水里面融化后成为一杯饮料，我也想研制出这样有趣的东西。"

046

上海 / 辞职 / 27 岁 / 工作第三年

NAME **史凌霄**

"很多人在年轻的时候，用健康换钱；老了，有钱了，用钱换健康。但是，他们都忘记了一件事，健康是不能换的。之前，我一直在加班，后来辞职去打坐，明显感觉身体恢复好了。身体好，对任何事情都是有益的。"

"辞职这件事，我不焦虑。我知道，以我的能力和资历，在社会谋求我要的工作，不难的。我有一笔存款，加上爸妈还在工作，身体健康，不需要我养家。一个恰当的时机，做出决定，让自己开心，得到健康，只是损失几个月的工资，我认为值得。"

"辞职也好，结婚生子也好，所有的路都不能回头，因此，人生的每条路都是'不归路'。时光的不可逆转，让此刻正在做的事情才有了意义。现在，我不会再以世俗的标准进行比较了。比赚钱，这是没有止境的，永远赢不了，起点再高，后天再努力，永远满足不了；学历高，永远有人比你更高；行业好，也永远有人比你更好。即使要比较，也是比心态，比快乐。我要举世闻名，我要小有成就，奋斗的路上，很漫长很痛苦，后来实现了，很落寞很孤寂。其实，爬山时享受爬山，到达山顶时享受山顶，爬山失败享受爬山失败，这是一种快乐。"

"读书时代，为什么要好好读书？并不是读书

Shanghai
Resignation
27Y
Work 3Y

不重要，而是读书是相对投资回报风险最小的。读书，起码有一个基本的回报，画画或者从事艺术，千百万个人，闯出来的太少。离开学校以后，社会评价人，看你背景，看你长相，看你能力，社会对你的定位是综合的。"

"我总能轻易原谅这个世界，不让自己烦恼。每个人必须找到一种途径，将内心的痛苦发泄出来，同时愿意承担发泄带来的责任。一些作恶的人，起初是被别人伤害，他们选择憋在心里，压抑久了，大爆发非常可怕。去听那些恶人的故事，会发现他们自己也是受害者。"

"一个人知道了道理以后，距离他真正懂得这个道理，其实还有十万八千里，需要时间。"

"我读教育学，即将成为一名老师，其实我一点也不喜欢这份工作，我的梦想是成为一名设计师。没办法，现在只能当老师了，这就是来自中国父母最传统的爱——他们为你安排一切。最近做梦，想养老的地方，我觉得去拉斯维加斯或者墨尔本都可以。哈哈，反正都是做梦嘛！"

—

Guangzhou
Graduate
22Y

五月底，端午节将至，广州大雨滂沱。

在这样的雨夜，Jack 如约出现在我面前。

我出乎意料，Jack 居然是一个女孩，来自广州附近的小乡镇，讲一口广东音的普通话。

她身穿黑色背心，马尾辫子高高扎起，她的嘴唇很宽，笑的时候咧开嘴，露出大大的牙齿。

她指着漫天大雨，笑着说："我们说这样的雨，叫'落狗屎'。"

"我想过安逸的生活，在西藏，我得到了我想要的一切。待遇好、退休早，做六休六，每年两个月的带薪休假，还有高原补贴。对比大城市，这里压力小很多，人和人关系简单，况且我不喜欢热闹，平时下班和休假，我喜欢在房间打游戏。这种生活很合适我，唯一的缺点是离家太远，幸好父母不介意。"

Lhasa
Tibet power grid staff
24Y

—

在拉萨，一名电网系统内工作的山东男孩找到我，特地带来缓解高原反应的药物。

在高考大省山东，他经历了残酷的 18 岁。
在大学毕业后的人才市场，他经历了激烈的求职竞争。
他终于明白自己要的是什么：安逸的生活。

了解到西藏地区人才稀缺，诸多工作岗位开放给大学生，即便如此，也仅仅少数人愿意去西藏。可是，他来了。

/049

重庆 / 大学生 / 20 岁

NAME **Nancy**

"未来教我的小孩说话，不会'猫猫''狗狗'这种幼稚的说法，我会和孩子平等对话。也不会在孩子很小的时候，让孩子去接触排名和比赛。15岁，孩子有自己的逻辑，能够自圆其说，哪怕我不认同，但我会很开心，至少他不是人云亦云的，绝对会尊重他的选择。"

"我从未真正快乐过，直到第一次去新西兰。我永远忘不了，那天在海滩见到一个外国男孩，阳光下，他笑得那么灿烂，那么开心。他说，他打工赚钱，靠自己飞过来旅行。我一直记得这个画面，太美好了。我的梦想是再次去新西兰，那里有真正的快乐。"

—

"这种生活很无聊，六点半要到学校，挤车，早读，为了高考。我不稀罕，因为我以后一定是同学里面最成功、最有钱的人。"

高中那年，她很有胆量地站上讲台，说了这样一番话。

我在重庆见到她，一名英文系的在读大学生。

Chongqing
College student
20Y

她看起来很乖，不像会做出这种事的特立独行的少女。

　　此刻，她告诉我，"如果时光重新回到高中，站在讲台上，我会说'在同学之中，我是最快乐、最不后悔的。'任何时候，如果我突然死掉，一定不是在挤公交车，只有一种可能：快乐地死在路上。"

　　"'林中有两条路，我选择人少的一条。'我很喜欢这句话。在学校，大多时候我都是一个人，因为和同学的价值观不一样。孤独三年了，不被理解，已经习惯，不是什么大问题。每个阶段总会遇到不同的人，朋友也一样，一个阶段一个阶段的，为了暂时的共同目标，但不会一辈子。这条孤独的路，只能独自走下去。我一直在掩饰自己的善良，用强势和冷漠来伪装自己。非常辛苦，真的非常辛苦，怕表露善良，被人说傻，也怕会吃亏。"

　　"我不想以后为买房发愁，现在看病也很贵，所以我必须赚很多钱。"

/050

西安 / 哲学系学生 / 21 岁

Xi'an
Philosophy student
21Y

"读哲学系，生活是这样的——看很多书，想很多奇怪的问题。"

"哲学是富人学科，最好没有家庭负担，父母能够生活自理。另外，哲学的世界有很多理论，所以必须坐得住，喜欢看书，如果贪玩好动，或者想赚大钱，那就算了，别来读我们专业。哲学带来的快乐，让我看问题看得透彻，不一样的视角，别人在意的事情，我会觉得无所谓。还有，学哲学的人心态好，寿命长，季羡林和冯友兰，他们都是高龄。"

"我准备去英国留学，回国成为大学老师，做一个学术上有权威，学生敬佩，即使已经 40 岁，站在讲台，依然能带给学生梦想和希望的老师。学习任何学科，学到一定程度，知识会带来充盈感，有一种安详的快乐。"

—

她约我在周末的小寨见面，拥挤喧嚣。

在她的带领下，我们进入一座藏传佛教寺庙。

宁静冷清，庙里的千年王八，沉入水底，与世无争。

一边走，一边介绍，她能清楚说出每一尊佛像的故事。

去年夏天，她参加学校的项目，去四川，成为一位活佛的秘书。

我和她一起去学校上课，宗教课，她最喜欢的任课老师，女老师 30 多岁，没有结婚，一个人过得潇洒。有一年，女老师对教育环境失望了，跑去欧洲游学一年，回来继续教书。老师曾联系医院，给学生提供机会，为病人做临终关怀。去年，她成为了活佛的秘书，也是经由这位老师的安排。

她想成为大学老师的梦想，正是受这位老师的鼓舞。

NAME **Kevin Guo**

"大学，相比读的专业，认识的人更有用，还有就是掌握考试突击的能力。至于本专业的知识，不过是敲门砖，接下去工作了，才是真正学本领的时候。"

"辞职国企去创业，追求理想，顺带赚钱。创业的路，很难也很孤独，幸好人生的路很长，只要有能力，足够强，我不会限制自己一定要在30岁成功。40岁、50岁，爬更高更远的山，这样也很好。我相信我自己，在离开世界的时候，说，值了。"

—

他约我见面，以此作为对广州的彻底告别。

他是天津人，纺织工程专业。毕业那年，来到广州，从事布料检测工作。

高考填写志愿，他并不知道这专业是做什么的。进入大学后，他发现身边的同学也不知道这专业是做什么的。当时填写志愿，他不知道自己喜欢什么，也不知道将来想做什么，填写纺织工程专业，只因为这是国家重点学科。

办公室的一位同事请病假，后来再也没有出现。一问，生病，再问，人已不再。他第一次感觉死亡距离他不远，无处躲藏。他开始思考，如果明天就会死掉，那么现在的生活是我想要的吗？

答案越来越清晰，不是他想要的。

他打电话回家，告诉父母辞职的计划，离开广州，着手组建团队，进入商界，做沙发布的生意。

父母无法理解，国企，没有压力，工资高，待遇好，许多人求之不得的好工作。

他生气了，说："我的生活是我的，不是你们的。（虽然这令）你们很难过，但这是事实。"

走进书店，他发现如今畅销的全是励志书。

比起别人说的道理，他更喜欢眼前人带给他的一种信念。其中，他最受用的是王石的故事。

"万科董事长王石，被医生诊断可能下肢瘫痪，王石竟然在 50 岁的时候爬上珠峰，并且全世界哪里有高山，他就去征服哪里。我一想到他就充满力量。来到这个世界，每个人都有各自的烦恼。"

052

黑龙江孙吴县 / 物理系研究生 / 23 岁

"我的梦想不确定,因为无论做什么我都会开心。"

"和亲人在一起,每天快乐生活,这是我想要的。"

"高中的时候,我想读文科。爸爸说,学理科好,文科不容易找工作。所以,我读了理科。大学时候,上课听不懂,后来觉得不应该放弃,慢慢明白,把不想做的事情做好就可以去做喜欢的事情。喜欢的、不喜欢的,都做好,人生更加饱满。"

"毕业后,爸妈希望我考研,所以,我现在是一名物理系研究生。"

"我会留在孙吴县。如果一直在外地,每年只有几天时间回家看爸妈,我很害怕每次回家看到他们老了的感觉。况且,我其实做什么都可以,我很会给自己做心理建设的,连摆地摊这样的工作也能接受,看到小东西被堆在一起,那样子可有幸福感了。我想开书店,不抗拒晚一点实现,老了再开也可以,或者一辈子在实验室研究物理也行。"

"没事的时候,我幻想过人生最惨的样子——怀孕,被老公抛弃。但是又想想,当单亲妈妈很酷,老公找个女人,不孕不育的,后悔了,再来找我,我硬是不回头,哈哈!"

Sunwu Heilongjiang
Department of physics graduate
23Y

/053

NAME **程鹏**

"拍这部纪录片，每个人我至少录两个小时，40多个人，后期看片子都要看吐了。每个人说的话，我至少看六遍，所以剪出来的都是'黄金30秒'。拍摄的过程中，和组员也会有意见分歧，常常吵架。首映礼那天，虽然之前看了很多遍，但还是有一种奇妙的感觉：之前的辛苦都值得了。"

"拍出来的纪录片不赚钱，新的片子又没有钱拍摄，这是我目前最大的难题，还要吃饭买房买车。不管怎样，拍过的片子都是财富。我必须拍片，不拍的时候，感觉生命是空的，需要被填满。"

—

成为一名纪录片导演，这是他的梦想，也是他正在做的事情。

作为交换梦想的物件，他给我一张碟。这是他拍的一部纪录片，关于沈阳年轻人的故事。

/054

北京 / 毕业生 / 22 岁

"我能去欧洲留学，这是爸妈创造的条件，但是，我怨恨爸妈总是很忙，总是在赚钱。从小到大，我很少见到他们，他们也从来没有参加过我的家长会。我的梦想是外婆健康，爸妈还有哥哥在身边，一起在西湖边散步。有个家，窗帘拉开，外面有风，晒着太阳，很安逸，很平静，一想到就觉得美好。我很好奇，未来会从事什么职业，我没有工作过，我害怕找不到好工作，也不知道我可以做什么，出国留学过了，家人对我也有所期待，所以我害怕辜负他们。"

—

我们见面那天，也是她从芬兰回国的第五天。

她是杭州人，瞒着家人，来北京面试工作。

"很多事情，我不敢也不想告诉爸妈。找工作，找到了才说，不想让他们担心。"

虽然在欧洲生活多年，但是想到将来工作，独自在陌生城市打拼，她依然内心不安。

"我和好朋友一起去留学，四个女生，所有事情都一起做，逛街、买菜、旅游、找房、上课、做

Beijing
Graduate
22Y

小组功课，即使在房里看韩剧也是四个人一起，所以我从来没有真正一个人在外面生活过。"

"我不羡慕任何人。别人走过的艰辛，都是我们不能想象的。走一遍别人的路，如果我们有决心，我们也可以做到。那些被羡慕的人，也许五六年前也和现在一无所有的我们差不多。"

天津 / 大学生 / 21 岁

NAME **田伟**

Tianjin
college student
21Y

"出生后不久，爸爸去世了，那时候我还小，所以没有感觉。长大了还是有些不一样，没有爸爸，感觉没有依靠，小时候身边人会欺负你的概率很大。别人可以说，我要告诉爸妈，然后真的回去告状；可要是爸妈不在身边，爷爷奶奶带大，回家说了，爷爷奶奶会自责，所以我宁可什么都不说，学会坚强，不给大人惹麻烦。默默地，都自己扛下了。有时候委屈，晚上找个没人的地方大声哭一场，然后该干什么就干什么，不放在心上，我常常这样做。将来，我希望我的孩子遇到事情不要害怕，爸爸就在你背后，会永远支持你，去做想做的事情吧！如果我爸没有离开我，我会不会更幸福，我会不会一直在湖南家乡，我会不会不是现在的我了呢？一定会不一样的吧……"（沉思）

"我的梦想是开一家甜品店，常常有一群朋友过来晒太阳，我们在躺椅上聊天。"

—

他送我去机场，一路换乘地铁，免不了走楼梯。

二话不说，他扛起我那沉重的行李箱，高举过头，顶在后颈。

他太瘦，汗衫耷拉下来，大半胳膊青筋暴起。

母亲改嫁，他跟着来到天津。

此刻，对他来说，最珍贵的是友谊。

高中宿舍五个室友，一旦其中一人有事，无论在哪里，其他人立刻赶来。没有朋友的日子，他无法想象。"在人生里，有人为你豁得出去，不计较利益，我很珍惜，希望十年后我们的关系还是那么铁。"

/056

西安 / 医学生 / 21 岁

NAME **婉蓉**

Xi'an
Medical student
21Y

"从农村到城市，我的心理有落差。大家说的，大家吃的，我都不知道。这两年我接触了，体验了，能说了，也都吃过了，更重要的是我接受了自己，不再自卑，大方说出'我来自农村，我的爸妈是农民'。"

"高考填志愿，我爸随口说，'要不学医吧！学医很轻松的。'我听了他的建议，然后来了，结果发现和他说的情况完全相反，每年都是高三，太苦了。但是我不后悔，因为毕业后一定能找到工作，这让我感到非常有保障。"

"过年回家，在乡村牙医所，我见到工具用完后被放在水里，直接用在下一个患者身上，特别是那种拔牙的器具，如果不注意卫生，很容易传染艾滋病。我犹豫了，最终决定在大城市工作，更正规。不过，只有读到博士才有资格去好医院工作，可是我现在就想放弃读书，早一点出来赚钱。爸爸妈妈为了供我读大学很辛苦，我想把他们从农村接出来，所以我的梦想不伟大，快一点赚钱养爸妈，嫁人，成为一个对病人好、问心无愧的医生，尽量让病人少花钱，如果有的钱非花不可，我会耐心解释。不上班的时候，我有自己的生活，经常出去走走看看。"

婉蓉带我走进她正在实习的教学医院。

住宿条件差，八个女孩一间房，堆满了书。

已经深夜，她们斜躺在床上，啃读厚厚的教科书。

"我们都是口腔科的。明天第一次练习牙齿上打麻醉，实验对象是同学。大家都很紧张，一定得好好看书，把同学打坏了怎么办？"

"我们这一届，几乎没有人想去儿科。每次去实习，一群大人呵护一个小孩，孩子害怕，尖叫大哭，大人心疼，医生护士被打的事情发生过好几次。"

大连 ／ 阿拉伯语系学生 ／ 19 岁

NAME 黄嘉茜

Dalian
Arabic student
19Y

"马上要去埃及做交换生半年，我很期待。我好奇，那些不学习语言专业的人，他们的生活是怎样的？读语言太苦了，生活范围窄，别人羡慕我们很多机会出国，可那都是以后的事情，一进大学，每天在宿舍和自习室不断背单词背课本，这就是我们的生活。我是被调剂到阿拉伯语系的，以前从来没有想过会和阿拉伯文化有交集。学习阿拉伯语，像谈恋爱一样，每天接触，每天碰，久了就是亲情，当我很久没有背单词，很久没有念几句阿语，会觉得哪里不对劲，生活少了什么。死记硬背很无聊，可是，有一回走在路上，一个阿拉伯人用英文问路，我用他的家乡话回答，他很惊喜，当时我很有成就感。"

"前几天父亲节，我和爸爸说，我想早一点独立，让爸妈也做一回潇洒的老人，去看看这个世界，虽然我还不能带给他们最好的生活，但是不会拖他们后腿。我希望爸爸妈妈去做他们喜欢的事情，去买想要的东西，不要老是为了我省钱。"

"我们系有个女生，比谁都努力学习阿语，因为她的梦想是去 CCTV 阿语台当主持。大家都觉得这个梦想没什么了不起，不值得那么努力，但那个女孩就是很坚定，不出去玩，也不偷懒，被人嘲笑，她还在用功。"

NAME 王诏

"也许你觉得回家是一段很安全很平凡的路，从来没有遇到过危险，在这背后，其实是千千万万警察的功劳。这就是警察的信念，不在于处理离奇命案，而是像阳光一样的存在，默默地守护每个人。"

"虽然这份工作赚钱不多，又有危险，但还是有满满的成就感。大学在派出所实习，和那些真正险恶的人打交道，那时候，我养成下班后阅读暖文的习惯。从中国人民公安大学毕业后，被分配到昆明，正式工作，更是经常遇到黑暗可怕的坏人，我会回家大哭一场，打肿脸充胖子，我们做警察的，很多人都会这样。"

"我很喜欢粉红色，一直好想买一套家用粉红色的 spa 机器，可以泡一个小时的澡，用那种很高的木桶。节假日的时候，绝对要把自己的家装修成桑拿室，整个人泡在桑拿里，看杂志，抹抹精油，很舒服。"

—

见面那天，王诏身穿黑色紧身上衣，扎马尾辫，没有化妆，有一丝硬朗帅气，但一开口大笑，又有一种大女孩的爽朗可爱。她手提五盒云南特产的玫瑰饼，豪迈地塞给我，作为见面礼。

那天，和王诏一起出现的，还有她青梅竹马13年的男闺蜜。

青梅竹马的男孩，戴一顶鸭舌帽，他说："我们读一个小学，我俩是班级里最调皮的，玩到了一起;进了初中还是一个班级，有一年我太调皮，犯了错，被开除，去了另一所学校。这一次分开是我们俩人生的分叉点。高中的时候，她找到了目标，我还是在玩，到了高三我一直没怎么学习，莫名其妙考了一个大学;她考了全国重点，她从小打架，一放学约我干坏事，踢同学书包，结果现在当了警察，维护正义，我一直觉得很匪夷所思，哈哈!"

昆明火车站恐怖袭击事件，距离我在昆明的采访恰巧过去半年，我曾在发生血案的地点取票，也曾在同样的地点候车。事件发生后的第一个早晨，我正在西藏林芝采访，起床，看见新闻。我的第一个反应——联系王诏。

"我们现场击毙了歹徒，还有三个在逃，追捕了一夜，终于可以睡了。嘉倩，你在外面注意安全。"王诏回复我。

在那一刻，我隐约感受到做交换梦想的真正意义，当一个人在成为新闻符号之前，去见到对方，去了解，生活在一起。将一个人的故事呈现，比起那些说不清道不明的政治、策略、宣传，胜过马后炮式的专家评论，又况且，一个事件的发生，由许多复杂原因造成，但每个具体到个人的成长故事是可以被记录被叙述的。

　　我在这个看似狭小的天地间，找到一片蓝天。

/059

北京 / 会计系学生 / 22 岁

NAME 张子琳

"读会计专业，我很痛苦，不是我选的，很多次想退学。这个专业容易找工作，所以家人希望我踏踏实实地学下来，考会计证，然后拿学位，在一个安稳的岗位上过一辈子。冷静的时候仔细想想，我真的不喜欢在银行工作，也不喜欢会计，不管以后做什么，估计都和会计无缘了，至于大学的这四年，当作开阔眼界、增加知识面好了。身边的很多同学和我一样，由家长做决定才选的会计专业。当初拗不过爸妈的坚持，只能每天漫无目的地学着不知道为什么要学的专业，熬到毕业。考研的时候，放不下苦学了四年的心血，但又心有不甘。接着工作了，不做会计，这些年不都白学了吗……"

"读《荒野求生》，贝尔在伊顿公学上学的这一章，我突然发现，在我的成长过程中，从来没有老师问过我，最喜欢做什么？最擅长的是什么？可是在伊顿公学，贝尔的生活太不一样了，每个人有自己的爱好，无论多么荒诞离奇，从集邮到奶酪和葡萄酒俱乐部，从登山到杂耍，学校不但鼓励，甚至会动用资源支持。"

"我们很多人，从小到大没有被任何人问过、关心过我们喜欢的是什么，只能按照父母认为对的道路前行。""我的梦想是和一群好朋友一起创业。"

Beijing
Accounting student
22Y

我只想成为英雄背后的普通人 **097**

/060

北京 / 协和医院护士 / 25 岁 / 工作第二年

NAME # 杨扬

Beijing
Union Hospital Nurse
25Y
Work 2Y

"还在学校的时候，作为医学生，每天的课程、作业、见习、实验……多得从早到晚都很忙。一个暑假，我第一次离开北京，一天一夜的火车硬座去青海，然后 14 个小时站票到太原，4 个小时站票回北京，再 11 个小时站票去大连。所有费用都是打工赚来的，我很骄傲，我做到了！"

"现在我是协和医院的一名普通护士，我的工作就是我的梦想。"

—

北京姑娘杨扬，穿着协和医院的护士服，披一件紫色毛衣外套，阳光下温暖地笑着。

她身上有一只神奇口袋，满满的，里面放了笔、小手电筒、医疗辅助工具，胸口处有一块 HelloKitty 卡通挂表。

她热爱这份工作，即使不上班的日子，我们在咖啡馆碰面，她仍会随身带一本厚厚的英文医学书。这份工作是她的梦想，她把实习期间的第一套护士服给我，作为交换梦想的物件。

/061

武汉 / 毕业生 / 22 岁

NAME 熊一驰

Wuhan
Graduate
22Y

"'文艺'这个字眼被用烂了，中国人口太多，我们每每找到一个合适的词形容我们的处境，便会义无反顾，一个个争先恐后地拼命使用它们，比如'正能量'，比如'相信爱情'，我想到了另一个同样泛滥却珍贵的词，那就是——梦想。"

"我的梦想是成为下一个窦文涛。现在，我在做自己的脱口秀节目，剪辑拍摄请嘉宾，这些都有人帮忙，因为在人人网我有很多朋友。如今这个时代，通过社交网络认识朋友，重心不在现实了。未来的我是一名谈话节目主持人，比现在瘦，有八块腹肌，是个好人，从内到外的自信。如果不是，我应该过得不快乐。我想做谈话节目，因为聊天是最能出真知的事情，彼此有平等的交换。"

—

见面那天，我刚吊完四天点滴，喉咙发炎，无法出声。

因此，大多时候，他在说话。

他来自江西，但他认为武汉和上海也是他的家乡，"故乡和家乡不一样，故乡只有一个，但是家乡是家的所在，可以是那些我留恋的任何地方。高考以前，我一直在一个不起眼的南方小城生活，高考后我出来了，我认为我就是武汉——潜力很大，很多资源，希望和梦想并存。"

"我觉得孤独，周围人不理解我。窦文涛也是，自信的人往往自卑，自信只是他们面对世界的躯壳。同班同学没办法成为朋友，人生如戏，也不能说是演戏，有的人就是很世俗。"

/062

昆明 / 在美国的留学生 / 20 岁

"我在美国读数学系，未来会成为一名精算师。我喜欢现在的自己，不执著于任何事情。有执著，有期待，才会有不愉快，就会带来伤害。"

"想对爸爸妈妈说，我觉得你们把太多的人生浪费在我的身上。我的思想，我的轨迹，不会因你们而改变，如果当初你们更在意自己的生活，你们不会活得像现在一样有那么多抱怨。"

"我完全没有可以教导好任何一个人的自信，所以我不想要小孩。"

"我的梦想是去世界各个角落潜水，考出潜水教练执照，边旅行边赚钱。"

"潜下水，没有声音，没有思想，专注在此刻，和禅修很相像，这就是潜水带给我的快乐。"

—

那天见面，一个小时后她将出发，在大理洱海潜水。

她说，染一头红发是因为西雅图常常阴天，为了让心情鲜艳一点。

Kunming
International studenty in the United States
20Y

/063

大理 / 新闻系学生 / 20 岁

NAME 云婕

"我的梦想是考研去上海，找一份工作留下来，换上海户口。因为只有这样，未来我的孩子不用再经历一次'山东式的青春'。"

Dali
Journalism student
20Y

—

夜晚的火车，昆明出发，一觉醒来，云很低，抵达大理。在火车站，我见到云婕，她带我坐车，先去她的学校，大理学院。学校在山上，可以俯瞰整个大理，她向我介绍他们的大学生活：面朝洱海打太极，背对苍山记单词，山泉水洗澡，校园里有小松鼠。

周围的同学，一些人很有商业头脑，承包古城的酒吧，放学后经营。云婕来自山东，十八岁之前，努力读书这件事已经成为她的习惯，因此，即使进入大学，放学后的时间她都会泡在自习室里。周末，她坐车去古城，在一家茶室学习茶道，课程结束，会拿到一个茶艺师资格证。

走在校园，迎面走来她的室友，找她问询功课。

"这里和山东的学习氛围不一样，每次我去上自习，看到空荡荡的教室，觉得很可惜，被浪费了。

大理虽然空气好，找工作容易，工资高，压力小，生活舒服，可是回家不方便，每到寒暑假，坐三天的火车才能到家，所以毕业后我不会留在这里。"

　　"闭上眼，想象十年后的画面。我很确定，只要十年如一日坚持地努力，未来会比现在更好。我不介意被别人称作学霸，我喜欢充实。"

/064

深圳 / 国企职员 / 24 岁 / 工作第二年，即将辞职   *NAME*   曾永杰

"我很荣幸我是地道的深圳本地人，当年这里还是个小渔村，改革开放，很多本地人因为有地，立刻发达，纷纷移民加拿大或香港，我家没有移民，用这笔钱在深圳开工厂。所以每逢过年，全家去香港看亲戚。小时候每次拿到 500 元港币的红包，太开心了，现在人民币和港币换了一个位置，反而不觉得那么厉害，还是人民币好。香港是一个没有梦想的地方，很现实。"

"我的梦想是环游世界。现在的收入，买不了车，也买不了房，不如投资在自己身上，远也好近也好，每年都承诺自己到一个不一样的地方体验不一样的生活，这是我的财富观。"

—

一年后，再次见到他。

他辞去了在广州的国企工作，回到深圳，在一家香港金融公司上班。

相比第一次见面，他变得更成熟，穿黑色西装，换了眼镜，不再是大黑框。

对于旅行的狂热渐渐淡去，他说："向往旅行，不过是因为内心太多的能量无处宣泄，现在换了工作，对业务越来越熟悉，找到了存在感。"

Shenzhen
state enterprise staff
24Y
Work 2Y

065

上海 / 大二学生 / 20 岁

NAME 李辰云

"我很喜欢现在的自己，活得直接，不喜欢的
人就不喜欢。遇到任何事，第一反应是笑，一直笑，
不然要哭吗？很多事情好像没有那么大不了的，过
去了就过去了，我忘得快，早睡早起。爸爸妈妈性
格好，让我也有了好性格。"

"我的梦想是去法国读书，在那里留下来工作。
十年后，我们法国见！"

—

一见到我，她傻笑，"终于看到你了，啊，我
要和你说什么，我也不知道啊！"

从小在上海长大，重点高中毕业，顺利进入重
点大学。

写明信片和收集各国邮票，这是她的兴趣爱好。

最好的朋友去台湾读书，两个人像是谈异地恋
的情侣，有时见到对方结交新朋友会吃醋。

父母都是公司会计，严肃本分，但会享受生活。

"从小到大，他们带我去过很多国家。家庭因
素让我一直比较开心，像疯子一样。"

活着很简单，快乐也很简单，好好读书，好好
长大，"开心就好，其他随意。"

Shanghai
Big two student
20Y

/066

盘锦 / 事业单位职员 / 24 岁

"我和她是在单位里认识的，但只能偷偷牵手，地下党一样，因为是体制内，怕被同事乱说。"

"这份工作一点也不想做下去，我要创业，开一家专卖紫菜包饭的小店。心情好就开门，想睡懒觉就晚一点，钱不要很多，够花就行。和老婆孩子坐在沙发上一起看电视，过安逸的生活。什么是安逸？其实体力上的劳累没关系，可是不要心累。"

"看到领导的样子，想到以后也变成那样，就满心厌恶。但是在爸妈眼里，进入编制内，在小城镇是一件很风光的事情。"

"我爱盘锦，这个我从小长大的地方，这里有石油带来的繁华，也有芦苇有大海有河蟹，人们安居乐业。我确信，不用去北上广，在老家也可以实现梦想。"

"南方人有不想经商的，北方人也有不想进编制内的。"

Panjin
Public institution staff
24Y

NAME　文蕞

Panjin
Public institution staff
24Y

"在大连读大学，英语专业，毕业后，我回到盘锦，进入编制内。我的梦想很简单，有一份挣得不多但是稳定的工作，假期的时候能用攒好的钱出去旅行，远近都无所谓。"

"现在的职位没有实质性的内容，除了偶尔填写一些文件表格，常常会有政府接待任务，参加饭局。一直我都挺抵触饭局的，我不喜欢喝酒，也不想喝酒。最近，下达任务的领导通知我不用再参与了，我又开始惶恐，害怕失去这份稳定的工作，也害怕爸妈会失望。"

"毕业之后，能考上事业单位我已经觉得很满足。可是，惶恐自己会失去这份工作的同时，又想不出这份工作除了稳定到底好在哪儿，没有新鲜事，每日在电脑前坐着，时常不知道应该做些什么，在单位看书又静不下心来，领导脾气暴躁，我生怕自己会因为一点点小事而触怒他。"

/067

哈尔滨 / 俄语系学生 / 21 岁

"爸妈开心，我也就开心了，这是我的梦想。他们希望我当老师，我接受了。和谁结婚这件事也一样，前提是爸妈开心。活着不是为了自己，还要照顾其他人的感受，所以，有什么样的生活，那就过什么样的生活。如果拼命去追寻我要的，太多不确定因素，不知道自己能不能坚持，也不确定是不是对的决定，所以我尽量听爸妈的话。"

"今天是我和男朋友在一起的第 800 天，我们是彼此的初恋。但是我清楚，两个人在一起，靠着爱情过不了一辈子，而且一辈子很长，无法预料的事太多，现在他对我好，足够了，有一天他对我不好了，我也不会难过，至少他对我好过。我们一开始就是陌生人，分开了，只是回到原来的状态。其他的，都是奢求。"

—

我在哈尔滨见到她，她和男朋友一起出现。
我们去吃烧烤，爽朗地喝酒，一瓶瓶，一提提。
借着酒劲，我和她跑去澡堂搓澡。

Harbin
Russian student
21Y

/068

深圳 / 打工人员 / 19 岁，工作第六年

"为了供弟弟念书，我 14 岁从老家出来，到深圳工厂当女工，日夜班轮替，麻木到辛苦也说不出话来。做了两年，就这样过来了。在那之后，我换过三份工作，现在我在一家只有四个人的房地产公司做销售。我有了目标，我想好好完成客户交代的事情，每次开单的时候很有动力。我不觉得苦，在工厂，我见过很惨的人，我知道我过得已经很好了。"

"十年后，我还是在外面打工，老了我会回到县城。我应该已经结婚，那时候做着一份稳定的工作，不会厌烦的那种。我喜欢花，看到漂亮的花，心情会很好。如果有可能，我想成为家庭主妇，带小孩，种花，这是我要的幸福。"

"我很少有机会表达自己，谢谢你，让我成为其中的一员……"（哽咽）

Shenzhen
Migrant worker
19Y
Work 6Y

—

我在深圳见到她，她提前到了，耐心地等我。
她穿着白色连衣裙，马尾辫，露出光洁的额头。
虽然 19 岁，但她已有六年的工作经历。
告别前，她哭红了眼睛。

/069

西安 / 建筑系研究生 / 24 岁 / 河南人　　NAME

Cherry

/069

西安 / 建筑系研究生 / 24 岁 / 河南人　　NAME

Cherry

"跨专业的考研很苦，但不像高考那么迷茫，因为确定了喜欢的想去做的事情，只需要朝着目标努力看书就行。经历过那一年的考研，我第一次体验梦想的快乐——坚定要做一件事的充实感。我要是在高考那年也有这样的动力就好了。"

"我的梦想是成为一名建筑师。虽然成功进入建筑专业，可是我的世界很狭隘，一旦忙起来，各种各样的考试考证，哪里都没有去，整天学习。在一个地方读了三年书，最后对这座城市的了解和刚来的时候没差别。我找你聊天，就是希望自己见识广一些。我有一个室友，她每次从外面回来会告诉我遇到的故事。世界很精彩，我不愿意错过，不想整天在电脑前刷微博、逛淘宝。每次回到家，看着爸妈，他们的生活就是工作和睡觉，天天为鸡毛蒜皮的事讨价还价。我告诉自己，绝对不能变成那个样子。他们一直在吃苦，觉得过日子就是应该吃苦，自甘平庸，成为所有人当中随随便便的人。也许我不会成为杂志上的建筑师，但是我希望和爸妈不一样，我想活出自己的样子来。"

—

她是典型的河南学生。
在高考的压力下，度过她的少女时代。

Xi'an
Architecture graduate student
24Y
Henan

110　　CHAPTER 1

070

大连 / 毕业生 / 25 岁

"我和女朋友一起来找你的，路上吵架，所以我一个人来了。事实上，只是为了很小的一件事，我故意没有让着她。今天我们研究生毕业，下午排队办户口迁移，我一向反感插队，她却觉得正常，反正都是认识的，资源不用白不用。我站在那里一直排队，希望给她上一课，排一会儿，多等一下，没差别的，也想借着机会慢慢改掉她的暴躁脾气。哎！办好之后，没想到她还是和我吵架，'本来半个小时结束，都怪你不插队，浪费了四个小时！'我内心的确有点自责，但这是正确的事情，我想改变她，去成为更好的人。"

"我正在考公务员，我的梦想是拥有权力。一路往上爬，进入权力的中心。"

Dalian
Graduate
25Y

/071

武汉 / 毕业生 / 22岁 / 即将赴法国留学

NAME 锦君

"某一天，你写作文，写你的梦想，写现在贫乏沉闷的生活，然后草草地交给老师，可是多年以后，你发现种子在那时候已经埋下。"

"武汉，这座城市和时尚没有半点关系，为了梦想，我必须离开这里。我觉得她不够好，但不允许别人说她不好。我的梦想是成为一名时尚设计师，那时候，漂亮衣服成为我生活中非常普通的存在，因为我穿过太多的好看衣服了。我利用我的权威，帮助别人打扮得漂漂亮亮，尝试不同风格，性格也会随之改变，去接受真正的自己。"

—

Wuhan
Graduate
22Y
Going to France to study abroad

锦君即将去巴黎留学，学习奢侈品管理。

我们在昙华林见面。

很多人认为她活得梦幻，但在她看来，一个人只要真诚，就一定会有好事发生。

前不久，她坐末班公交车，坐错方向，司机居然开车送她回家。

"我在作文里曾经写过，'我不仅想做一个化妆师，我也想成为画报或者时尚杂志的造型师，甚至站在法国街头，追随各种时装展。'后来，这个想法越来越坚定，成为我一生的追求。"

/072

上海 / 法医系医学生 / 21 岁

NAME **金恺迪**

"在美国，为了医师证，很多人付出了十年的努力。这十年的积淀是任何人用任何方式都无法替代的。我也一样，我已经决定要把医学一路读完，虽然偶尔会被那些出国的同学动摇。我告诉自己，不要去管他们，我很可能会一直留在中国。未来的十年，我的计划是读完一千本书，骑车一千公里，如果可以，用医学知识至少去救一个人。"

Shanghai
Forensic medical student
21Y

—

第一次见面，他脱下黑色大衣，说："如果你闻到我身上有奇怪的味道，不要介意。我刚从实验室出来，用锯刀解剖尸体的时候，衣服也被溅到了……"

小时候，看电视连续剧《大宅门》，于是他决定学医。

"越是学医，越是发现人体本身就是一个不可思议的世界。"

"从进大学开始，我们每天都要背大量的专业术语，每门考试要看的书有那么厚。前段时间期中考试，我们发明了一个复习游戏：猜器官。不提了，你一定觉得我们医学生很无聊吧！"

"实验室有个传统，每次在动手前，我们会进行三分钟的哀默，这是对生命的尊重。如果要说触动的话，其实还是有的。之前我在实习，一个 24 岁的上海女孩，过马路，好好的走在人行横道线，被突然失控的土方车撞到电线杆上，当场毙命。我在尸检的时候，心里一直想，如果她还活着，甚至可能有机会认识。"

/073

日喀则 / 毕业生 / 23 岁

NAME **白玛卓嘎**

Shigatse
Graduate
23Y

"我想成为歌手，如果可以一辈子唱歌当然好，可是我不敢想，还是当公务员吧。在西藏民族学院读书的西藏年轻人，都是毕业后要回家乡当公务员的。"

"爸爸妈妈离婚之后，我跟着妈妈一起生活。我恨爸爸，不想和他有任何的交集。在我还小的时候，他和妈妈总是吵架打架，高三那年复读，我说，我要你们离婚！当时我很坚决，现在有点后悔，也许那时候太自私了，我没想过一个女人要的是什么。当初如果我不那么坚决，妈妈就不会一个人生活到现在。将来我会一直在妈妈身边照顾她，不离开她。"

"大学四年，我的心态改变很多，成熟了，也被磨平了。以前有很多想法，可是现在算了吧，就这样吧，顺从了吧。我们都顺从了，我们每个人都一笑而过了。大学不是我想象的模样，来到这里，有一部分原因是为了一个人来的——我喜欢的男孩子,命运就是这样,在一个学校,但是故事没有然后。"

—

嘎嘎来自日喀则，天生一副好嗓音。

一开始她害羞，在室友们的鼓励下，她开口唱:
"天上飞的是什么 / 鸟儿还是云朵 / 我把自己唱着

/ 你听到了没……"唱完，她腼腆地问："可以再唱一首藏语歌吗？唱给我的妈妈。"

　　她唱着唱着，情到深处，身边的藏族女孩们听哭了。

　　半年后，我和嘎嘎在拉萨再次见面，一起坐长途车去日喀则。
　　一路的风景虽然美丽，但是已经感知不到双腿。嘎嘎告诉我，西藏学生都是这样过来的，每一回从家乡出来，百转千回，脚肿得几乎把鞋子撑坏。

　　到达嘎嘎家，她妈妈在楼下等我们，戴一顶黑帽子，身穿藏式长袍。
　　妈妈一个人住，生活寂静，嘎嘎是她唯一的孩子。客厅橱柜的玻璃下，夹着嘎嘎小时候的照片。
　　夜晚吃过饭，楼下散步，妈妈不在，嘎嘎熟练地点烟，"成为公务员以后，我想在日喀则开一家店，还没想好做什么，可能做美甲吧，这里还没有美甲店，应该能赚钱。"

　　回到家，妈妈捏着佛珠，低声念经，炉子烧着牛粪，熬一锅酥油茶，房间暖烘烘的。

　　妈妈不懂普通话，我和她交谈，嘎嘎做翻译。

　　嘎嘎打开电视，我奇幻地看着电视里藏语解说的欧洲足球，嘎嘎突然想起了一件事，调到湖南卫视，正在播放张杰的演唱会，张杰是嘎嘎的偶像。

　　她找来了剪指刀，让妈妈把脚搁在她的大腿上，她帮妈妈剪脚趾甲。

　　"妈妈年纪大了，眼睛看不清楚，每次只要回来，我都会帮她剪。"

　　接着，嘎嘎问妈妈要来藏药，将这些大颗丹丸磨成粉状，按每一次的剂量用纸包好，分别画了小太阳、大太阳、月亮。

　　"妈妈不认识字，小太阳表示是上午吃的药，大太阳是中午吃的药，月亮是晚上。"

　　那个夜晚，嘎嘎和妈妈躺在被窝里聊了很久。

NAME **侯珏**

Guangzhou
Police
27Y
Work 5Y

"家里让我考公务员，我不想，毕业的时候很纠结。如果走上他们期许的这条路，我只能一直走下去，转头再追梦想可能是三十年之后的事了。所以，成为公务员，选择普遍认同的成功，虽然不是我想要的，但这是我尽孝的方式。"

"我对喝酒和饭局没兴趣，只想做一个基层警察，干些实事。身边有很多和我一样的基层警察，他们都默默的，干好自己该干的。看不到，不代表不存在。在工作中，我能感受到我的所作所为真的在影响身边的社会。其实，社会没有想象的那么糟糕。"

"我的梦想是找个风景如画、平静如水的小城市开面包店，安度余生，读书，烹调，养狗，慢悠悠过日子。工作以来，每年的假期我都会留出一段时间，去一个向往的地方。等到实现梦想的时候，我可以挑一个最喜欢的城市。我的梦想会实现的，最晚是在我退休那一年，我也希望是在那一年，不必提前。"

"十年后的我，如果还在公务员队伍，要记得当初为什么加入的。记得在公务员之外，还有面包店的梦想，不要成为你现在讨厌的人。"

NAME 美玲

"2012 年的冬天，世界末日那天，也是我的世界末日：妈妈去世了。这一年，我在韩国做交换生，家里发生一件大事，我一个人在国外熬过来。我的梦想一直没变，我想要成功，成为女强人，我想因为我的存在给爸爸妈妈带来快乐，让他们因为生了我而感到骄傲。我出生以后，我的存在让爸爸妈妈很不快乐，他们总是吵架。所以，将来我会为了孩子考虑，去找一个可以和我组织一个好的家庭的男生在一起。"

Yanji
Journalism student
21Y
Korean

/076

香港 / 对外汉语教师 / 24 岁 / 工作第一年　　　　　*NAME*　　王一为

"身为对外汉语教师，教中文的时候，我同时也在传播中华文化。因为我，学生对中国有了很好的印象，当他们说'中文真有趣！'的时候，身为老师是最有成就感的。"

"我有一个笔记本，每当课程结束，除了拍一张合照，学生还会用他们的家乡语言在笔记本上写一段话。到今天，我已经教过 17 个国家的学生了。我有一个小梦想，十年内，教 50 个不同国家的学生中文。我无法亲自去每个国家，可是通过这种方式，我能认识世界。有机会的话，我希望开一家自己的语言机构，也许就开在香港，哈哈！在我这里学习天津方言给打折哦！"

—

我们在香港中环见面，她是一名对外汉语老师，天津人。

大学，她去韩国留学，英文系。毕业时，她能讲一口流利的韩语和英语。

来到香港读研，对外汉语专业，她找到了自己的梦想。

如今，她在香港一家语言机构工作，教外国人

Hongkong
foreign language teacher
24Y
Work 1Y

中文，梦想成真。

"刚来香港，我很害羞。走在路上，前面有个外国人，拿着地图，很迷茫。我预感他要转身问路了，然后，他果然转过身，和我说话。我已经准备好了，用'I don't know'回应他。"

"现在，我很喜欢和外国人聊天，改变我的是一个丹麦男孩。在香港读研期间，每个对外汉语系学生要教一个外国人中文。当时，我和他每周见一次面。他喜欢我，我也越来越想和他在一起。可惜，他是交换生，学期结束，他走了。我们分隔两地，渐渐地，发现不可能在一起。遇见他之前，我很少说英文。这段经历之后，我开始喜欢对外汉语这个职业。"

"最近我收了一名日本学生，他只在香港待三天，跟着我学了两个小时的中文。他明年打算到香港开一家日本餐厅，他在美国出生。课程结束后，他用美国人的夸张语气说：'中文太有意思了！我明年开了店，继续找你当老师！'日本和中国文化相似，我给他解释汉字的时候，他能非常默契地理解。"

"我喜欢香港的天空，白云像是可以抓下来。香港没有让我失望，我越来越喜欢这里。工作是我喜欢的，每天下班后，一起玩的朋友们也是我喜欢的。在韩国留学，我永远在校门口往右走，从来没有左拐过，离开韩国后，我根本不知道左边是什么风景。到了香港，我各处走，不想再有遗憾。"

　　"以后，我想成为妈妈那样的妈妈，要是我能把孩子教育成为我这样子，就算是成功了。"

/077

昆明 / 德语专业学生 / 20岁

"大学校园里，我和身边的同学没有共同语言。我来自河南，高考后复读一年，来到云南读大学，报考广告专业，被调剂到现在的德语系。我发现，对比我，身边的云南同学高考很轻松，不过我不羡慕他们，我恨考试，但是收获了考试的技能。"

"我的梦想是去看很多很多墓碑，读很多很多墓志铭。未来我会投身广告行业。写文案是快乐的，带给人一种生活的希望，一种梦想，一种有诗意的生活。我无法想象我在十年后的模样，但是可以保证，我不会把自己搞得很糟糕。我不喜欢现在的自己，对大学生活失望，依然不自由，依然被压迫，依然被他人价值观绑架。"

Kunming
German professional student
20Y

/078

漠河北极村 / 青旅义工 / 17 岁 / 工作两个星期

NAME **安安**

"以前家里特别爱管我，后来我生了场大病，躺床上一年，爸妈觉得快要失去我了，所以现在对我没有要求，开心活着就好。人总会死的，所以我要好好活，这样就没有遗憾了。我在外面转悠，即使死掉，爸妈还有退休金，他们活得下去，我很放心。"

"我的梦想是走遍中国所有我想去的地方。女人 25 岁之后要走下坡路的，我要趁现在活得很漂亮。十年后，希望我依然坦率，棱角磨完也没关系。"

—

安安的眼睛发干，说话时，眨个不停。

她来自河北唐山，刚结束高考，正等待录取通知书。

离家远行的第一站，来到漠河北极村的青旅，做 30 天的义工。

然后，她打算从成都去拉萨。

"我一点也不想家，刚才我妈给我打电话，她很想我，但是，哎呀！感情都这样，付出的一方煎熬，接受的一方不知道对方在烦恼什么。"

Mohe County Qinglv
Arctic Village volunteer
17Y
Work 2W

"生过病以后，我对这个世界没有了同情心。生病那段日子，痛得想撞墙，一死了之。现在，见到一些人，他们遭遇些小事就瞎嚷，我看不过去，觉得那都不算什么。即使有人很惨，我也会觉得不过和我当时一样惨，区别只是我没说，他说出来了而已。"

/079

深圳 / 社工 / 24 岁 / 工作第二年

NAME 潘靖凯

Shenzhen
Social worker
24Y
Work 2Y

"社工这份工作，我不会辞职的，做得很开心。成就感不大，因为我的工作能力还不够。"

—

我们进行梦想交换，我和他一起上班，体验他的工作。

那天的任务是组织社区活动——退休老人围棋大赛。

"我负责的这一片社区，大部分老人以前是公务员或者老师。一个曾经北大博士毕业的老伯伯找我，老伯伯以前研究很先进的电子半导体，现在他找我，要我教他下载网上音乐。我觉得这件事很有趣。"

后来，老伯伯送给他两件衣服表示感谢，虽然尺码不对，但是他觉得温暖。

"社工是一份需要全身心投入的工作，工资不高，但是可以糊口，稳定。偶尔遇到拖欠工资的情况，这很正常，政府拨钱需要流程。目前为止，还好，有点辛苦，很早上班，很晚回家。累，任何工作都会累的吧！十年后的今天，闭上眼，我看到的第一个画面，我当上了主任。不过，不用闭上眼也看得到。"

　　经费有限，活动材料由社工们亲手制作。
　　横幅来自以前的活动，背面贴上纸，手写"社区长者围棋交流赛"。
　　老人们提前来到现场，坐不定，心急。他上前，语气温和，一个个解释开赛时间。

080

昆明 / 飞机检修员 / 24 岁 / 工作第二年

NAME 马骏超

Kunming
aircraft maintenance
member
24Y
Work 1Y

"以前，我读过一本书。一个学者采访了很多人，得出一些理论。二十年后，重新找到那些人，再次采访，发现当时的理论都不正确了，每个人又有了新的想法。所以我不相信主义，我相信时间。"

"我是一名飞机检修师。我没有坐过头等舱，但是我把头等舱里里外外都'拆'开修理过。"

—

我的航班抵达昆明，他刚巧在机场收工，开车载我去市中心。

每次出现，他总穿着格子衬衫，留着干净利落的板寸头。

小僧带我体验隐匿在小区居民楼里的云南小餐馆，带我品尝文林街上老字号端仕小郭的面，带我在小巷子里喝缅甸的甜品泡鲁达。昆明堵车严重，不适合开车。他有两辆电瓶车，我们一人一辆，驰骋在入夜的昆明，凉风习习，追风自在。

"大学的时候，我想去很多地方，可是，后来发现其实我的家乡昆明就很美，任何一处小巷都是风景，天天吃米线吃不厌，气候很棒，一年四季可以打球。"

西安 / 毕业生 / 23岁 / 找工作中　　　*NAME*　　**Brittany**

Xi'an
Graduate
23Y
Looking for work

"大学四年，我只收获了一件事——知道了什么样的生活是我不想要的。那四年差点得抑郁症，我根本不喜欢会计专业，我妈选的。然而，在英国读研，我不抑郁了，发现生活原来还有那么多的可能性存在。学术上，我找到热情，尤其写论文，我想去研究清楚一件事情、一个问题；生活上，早晨起床，一抹阳光洒在床边，我整个人是开心的，这个状态很棒……我把这些告诉爸妈，告诉身边的人，他们都劝我别去想了，回不去了，梦醒了。"

"现在，我妈要我留在西安工作，在她身边，但是我想去上海。从高中开始，我向往上海，她繁华，光鲜亮丽，很多人，很多欲望。选择一座城市，选择一个人，因为相信我们会处得越来越好，因为确定未来可以实现彼此的梦想。我不想混日子，为了琐事挣扎，变成典型意义的大妈，只剩下一件事可做：活着。"

—

我和她在西安见面的时候，她刚从英国回来，不到一星期。

我只想成为英雄背后的普通人　　**129**

一年半后，我们在上海再次见面。

　　她在一家咨询公司上班，过着她所期待的上海生活。

　　"很多事情不能两全其美，你不会得到所有，选择时会挣扎，但不能拖泥带水。决定做了，一定去坚持，所有事情都不能回头，回头了也不能改变什么。最烂的结果，哈哈！一个人，至少还能够养一只狗，如果连买肉包子的钱都没有了，那就减肥吧！"

/082

NAME **男孩**

"十年后，28 岁，感觉很恐怖。上一个十年，8 岁到 18 岁，一直在学校；接下去的十年，出国了，会是从未经历过的挑战和压力，也会是人生最精彩的十年，我要好好把握。未来我和她会一直在一起，会有一个很好的家庭。"

"你好，我们未来的孩子，请不要害怕我们，去做想做的事情吧！我们不会约束你，人生是自己的。我可以理解你，因为现在我就在你这个年纪，18 岁，我想每一件事情都去试一下，去认识不一样的人。别等年纪大了，想做的事情再也做不了，才知道后悔。"

NAME　女孩

"十年后的我，会比现在更坚强，不再爱哭。很期待未来，在英国留学，每天一定充实开心。我理想中的大学生活是有计划就去实现，自由，自主。"

Shanghai

High school graduate

18Y

—

这对小情侣联系我。

他们是武汉人，下个月即将出国留学，一个去美国，一个去英国。

找到我，想记录下此刻的彼此。

我们约在上海多伦路上的老电影咖啡馆。

男孩青涩，女孩淡然，他俩穿着情侣衫，牵着手出现。

这是他们来到上海游玩的第三天，也是他们第一次的牵手旅行，男孩很快乐，一睁开眼可以见到心爱的姑娘。对于未来的异地恋爱，他和她充满信心。

"我们学校很多人出国，我们俩是在出国补习班走到一起的。"

/083

王娇霞

"我很矛盾，一会儿想离开拉萨，一会儿觉得留着也好，主要问题是离家太远。我担心爸妈老了，我不在身边怎么办。可是如果我回去，没有钱，还是养不起他们，而且回去之后，找一个和现在差不多的工作很难。这里待遇好，压力小，关系简单，空气干净，每个月还能拿高原补贴，做到 40 岁就能退休。"

"习主席给村官回信，其中四个字——'青春无悔'，我不知道我以后会不会后悔，但是这份工作给我带来成就感。公务员的生活和我以前想象的不一样，特别忙，要做很多事，不轻松。前两天是周末，我仍然在办公室加班。有段时间，我在太阳岛每家每户做调查。每当切切实实办好了一件事，听到一声来自西藏百姓的'谢谢'，我很有成就感。"

—

她是四川人，西藏民族大学毕业。我们见面那天，她在西藏工作第七个月。

来到拉萨上班的那天，也是她第一次踏足西藏的土地。

Lhasa
Civil servant
24Y
Work first year

我只想成为英雄背后的普通人　　**133**

"拉萨很小，像大城市的某个区。在这里生活，什么都买得到，买不到的可以淘宝，只是快递慢一点。街上走着的人，背大包、穿冲锋衣，肯定是游客。"

"那些说西藏好，对这里向往的人，最终不过来旅游一下，不会长久居住。在这里，对身体不好，脑袋缺氧。我刚才要说什么话，我忘了，有一点短路，常常发生。高原对皮肤不好，办公室一个同事，藏三代，以前爷爷援藏，几十年待下来，全家皮肤都差。在这里，大家皮肤都不好，就不会觉得自己差了。"

夜晚，我们在布达拉宫前的广场散步。

她指着河对岸的不远处，说："十年后，如果我还在西藏，应该已经在拉萨河对岸的西藏省政府工作。从我的办公室走过去，不过五分钟的路，但我要用整个青春去抵达。未来如果有孩子，希望孩子放假来拉萨找我玩。此刻，我很想念成都，想念雾蒙蒙的天气，想念在马路上堵车的三个小时。"

昆明 / 研究生 / 24 岁

NAME 宿婧

Kunming
Graduate student
24Y

"和大部分山东小城镇的年轻人一样，大学一毕业，我就回了老家。工作选择范围小，我顺理成章地进入国企。国企生活令我失望，想做一件事，必须等待通报，一层层报上去，接着没有音讯了，坐在办公室找不到意义。到了 30 岁，可能我会渴望稳定，接受这样的生活，但是现在的我受不了。为什么很努力读书，然后浪费才华，坐在单位虚度青春？我决定辞职，亲戚朋友跑来劝我，这个工作很好，以后找不到这么好的工作了，但一听我要继续念书，读研考博，一个个都不说话了。山东人对读书很看重，有点学位崇拜。"

"辞职那天，我不知道怎么写辞职信。同事说，没人在乎你辞职的理由，随便写，盖个章就可以走人了。交上去的一瞬间，轻松了。过了没几天，轻松变成焦虑，我蜷缩在床上，感觉在这世界无依无靠，读研之后要做什么？我没有答案。大学毕业，进入社会，好像一头跳进茫茫大海。相对而言，高考和考研，只有一条路一个选择，感觉好多了。"

"我的梦想是改革山东的教育环境，如果教育方式可以彻底改变，也许我们可以活得更开心一点。"

一

　　我们在文林街见面。那天是她来到昆明读研的第四天。

　　"未来我有了孩子，我会是孩子最坚强的后盾。如果他不想高考，去做喜欢的事情，我会支持，保证他至少有饭吃。"

/085

西安 / 计算机系学生 / 22 岁

NAME **华宇**

"家里迷信，爱算命，算命的说我能活到 69 岁，命里忌水。然而，事实上，我的爱好都和水有关：钓鱼、游泳。高考结束，我跑去钓鱼，志愿让爸妈填，他们帮我填报了现在的计算机科学与技术专业。"

"学习计算机，我挺喜欢的。每次去实验室，有当年中学一群男生跑网吧的感觉。这是除了学习哲学之外最伟大的事情，因为计算机很难学，像人脑，学好了它就可以学好其他任何学科，这是我们系主任说的。我的梦想是成为管理者，不再是初级码农程序员。"

Xi'an
Computer science student
22Y

—

"我在考研复习，不煎熬，感觉命运掌握在手上，还不赖。"

"别人不管怎么支持，都是别人，爸妈支持我，才是我最在乎的。每次我给我妈打电话，说不出口'你要注意身体'。我觉得我爸定力很强，很有原则，但我不会像他一样去炒股，我也不会像我妈一样死气沉沉地过日子，生活不应该是他们那样子的。"

迪拜 / 空姐 / 23 岁 / 工作第三个月

NAME 梁荣

Dubai
Flight Attendant
23Y
Work third months

"我的本科专业是烘焙，后来，我去香港读研。大学期间，我不知道将来想做什么，我在日记本里写，'我喜欢英文，喜欢旅游，喜欢美食，喜欢养狗'。毕业后，空姐是我的第一份工作，现在我喜欢的都拥有了：我每天都在使用英文，养了一只狗，每次飞到一个地方我会去吃美食。"

"这里的生活比我想象的更美好。下班了，有朋友在身边，随时串门。上班了，很累，但是什么工作都会累。如果在国内的航班会更累，吃苦耐劳拿钱少。相比国内的空姐们，我可以去世界各地，并且拿着补贴经费游玩，我觉得没什么好抱怨的。"

"我家在广州，我很幸运，这三个月，我已经两次被安排飞广州的航班任务。第一次回国，飞机降落广州，轮胎接触地面，飞机一阵颤抖，我的心也跟着颤抖。等乘客都离开，我和其他空姐拉着行李箱走出来，沿着廊桥，广告牌上写着中文字，大大的'家'，我觉得很温馨。"

"未来最理想的状态，我有自己的小金库，可以做一些投资，生活来源没有问题。有一个幸福美满的家庭，经济独立，有事业，我不要做家庭主妇。我不想成为妈妈那样的妈妈，她是家庭主妇，带大四个孩子，我有两个妹妹，一个弟弟。妈妈没有时间为自己的事业奋斗，她常常抱怨，如果当初出去工作，一定可以闯出自己的小天地。所以，我一定不会待在家里。如果有小孩，到 18 岁，我会一脚把他踹出家门，希望他比我更强。只要他是安全的，那就尽管去探索这个世界，享受生活吧！"

—

梁荣没有飞行任务，带我游览迪拜。

她身穿一条宝蓝色的连衣裙——不久前飞泰国，她在夜市买的。

长长的直发，明亮的双眼，加上开朗的性格，梁荣是属于第一眼就印象深刻的漂亮女孩。

我早已习惯，和她出门，无论到哪里，人们总是笑脸相迎。

在她的公寓，有一张世界地图。

每飞一个地方，她就在地图上用图钉标记。如今，三个月的空姐生活，足迹早已遍布世界各地。

"学神"

Shenyang
Medical student
20Y

"高考志愿，我填的全是医学院。我想成为一名医生，第一个原因，有些大学的活动特别多，我当时认为医科院校应该没有那么多的活动，只要好好学习就可以，我不想参与太多其他的活动。第二个原因，我想学我要学的东西，小时候，我看的第一本书就和消化科有关，爸爸回家，我指着他的肚子说这个地方有肝，可能这是我学医的一个萌芽。"

"学医带给我内心的平静，尤其看书的时候很专注，外界对我没有影响。"

"我不满意现在的自己，我去医院实习，发现理论知识和实践差距很大；但是，我又满意现在的自己，和周围的人相比，我的专业知识是最扎实的。"

"今天我是一个好好学习的学生，明天我才会是一个好大夫。未来，我会是一名博士，我可能在心外或者脑外。那个时候，我是一个很棒的大夫，在科室里我就是第一名。周围的人，无论是上级医师，还是我的学生，他们都尊重我，因为我有实力，我也尊重其他人。我以后会尽量让进来的悲伤患者都快乐地出去。虽然很累很辛苦，难免会有医患矛盾，但我想，只要我没有半点私心，完全站在患者的角度考虑，剩下的，发生任何事情，我都问心无愧。"

—

沈阳刮着大风，中国医科大学的新校区尘土飞扬。

他绰号"学神"，同学开玩笑，"学校已经容不下他了！"

我和他一起做动物实验，他熟练地演示每一种缝合打结的手势。

他说，平时喜欢自学，读课本，连80年代版本的也翻读过。

这一节的实验课，当其他同学手忙脚乱将兔子绑在兔台时，学神很镇定，早已完成准备工作，准备将兔子解剖。

NAME **小鱼**

Chongqing
College student in English
20Y

"我的梦想很简单，让爸爸妈妈为我骄傲。毕业后，我想去上海工作，那里离家近，成为一名外文杂志的编辑。我不想再走远，和爸爸妈妈每天吃了晚饭，一起看《新闻联播》也很幸福，然后爸爸用小碟给我泡工夫茶，听他讲养鱼经。"

"虽然我很乖，但是我不想当老师，也不想当公务员，走投无路了再说。"

—

她脾气好，声音甜美。

暑假，她去美国的一个度假小岛打工，在超市当收银员。回到宿舍，累得趴下，看见外国室友一大堆碗没有洗，又去参加派对了，她不介意，默默把碗洗干净。

"我是一个无论做任何事都会认真的人。被调剂到英文系，背单词很无聊，我会当作练字，换字体写，调整心态。"

"爸爸爱养鱼，鱼虽然不像猫狗之类的宠物，不能拥抱不能说话，只能观赏，但每条鱼都有自己的个性，有的鱼爱冒险，总往出水口的地方冲；有的鱼懒懒的，随波逐流；有的鱼爱闹事，喜欢跟在别的鱼屁股后面。"

"十年后，我 30 岁，好老的样子，希望对生活依然怀抱热情。我已经成为妈妈，希望孩子有自己的兴趣爱好，并以此展开事业，每天过得开心就好。如果孩子要远走高飞，我会放手。"

089

上海 / 中学心理教师 / 25 岁 / 工作第三年　　　*NAME*　**俞嘉微**

Shanghai
middle school psychological teacher
25Y
Work third years

　　"以前说过，打死我也不要当老师，我痛恨中国教育。万万没想到，现在的我居然是一名高中老师。不过，身为心理老师，我和班主任不一样，我的成就感不是升学率，也不是学生的成绩。"

　　"去年冬天，有个女学生失恋，在学校七楼走廊徘徊，差点往下跳。我路过，看她状况很差，请她到办公室，我们聊了一下午，女学生想通了一些事。我想，工作给我带来的满足感就是这样，做我能做的小事。"

　　"心理课不是灌输东西，或者教大家某门知识，更像是我炒一盘菜，学生们各自尝出不同滋味。我在高中时候很迷茫，也走过这一段跌跌撞撞的青春期，遇到事情不和爸妈说，同龄人也未必能帮到，那时没有心理老师这样的角色。现在我可以去保护学生们，特别是少女心理方面。"

　　"很多时候，爸爸妈妈否定我们，规定我们不去做一些事，觉得太危险。世界变化太快，正因为他们看不懂，才会有这样的偏见，我希望有一天能够让爸妈看懂我。未来成为妈妈，我会尊重孩子，我想做一名陪伴者。最好有两个孩子，不再是独生子女。"

一

    暑假最后一天，嘉微正在学校忙开学前的准备。

    大学主修心理学专业，毕业后，一个机缘巧合，她来到复兴高级中学就职，现在是第三年。

    换位成为老师，看开学的心情和学生时代似乎没有改变，她爽朗地笑着说："还是暑假好，不想开学。"对于这一位娃娃脸、经常换发型的年轻老师，学生们都非常喜欢她。

    我们进行交换梦想，我去听她的心理课。

    开学后，一个下午，嘉微组织学生分四组玩游戏，比赛一把椅子上最多能站多少人。

    起初，学生纷纷猜测只能站上去三四个人，后来经过尝试，男女生彼此通力合作，再加上耍小聪明——壮汉背瘦子，一把椅子居然最多能站七个人。40分钟的课，35分钟学生们在玩游戏，剩下的5分钟，嘉微邀请学生上台，分享感触。

    下课前，嘉微总结发言，"你们一开始说只能站上去三个人，试过了，知道还能站七个人，隔壁班最后九个人站了上去。很多事情都要去试试，你的答案就和一开始空想的不一样了。"

我只想成为英雄背后的普通人   **145**

也许学生们很快就会忘记这段话，可是在她看来，种子已经埋下，有一天会开花结果的。

"当老师有很多好处——放寒暑假，超长的年假；正常时间上下班，没有加班；没课的时候，坐在安静的办公室，可以研究喜欢的事情；人际关系简单。以前我觉得高中很累，上了大学，发现更惨烈，工作后成为老师，有了喘息，比身边的白领轻松，韬光养晦的状态，可以寻找自我。我的计划是，不一定很快做一些事业上的事情，休息一下，问自己是谁，想要什么。"

"我也意识到，教师这份工作有不完美的地方——它不适合20岁出头、对社会跃跃欲试的年轻人，这里是象牙塔，将我保护得好好的，我担心将来如果换一份工作，会不适应；和同龄人聊各自的生活，我发现缺少共同语言；学校是一个磨人的地方，看着刚入校还稚嫩的高一新生，转眼，他们步入苦大仇深的高三，迫不及待奔向大学自由的怀抱，可是，一年年、一届届，我停留在老地方，我是滚石头的西西弗。"

"现在我讲课不是太好，但我在努力成为一名好老师。学生们不想上学，有时我也不想讲课；他们上课是应付，有时我不备课，也会在办公室上网，混过一天。有时也想离开这里，去社会上经历一下，可是，刚工作的时候，我和自己约定要在这里至少三年，现在三年到了，还没决定离开。一个地方，一份工作，起码做三年才能真正熟悉、真正了解。教师的行话，那就是说，'讲台要站得稳。'"

哈尔滨 / 工科生 / 21 岁

NAME 董大钊

"学校食堂吃饭，电视直播'神舟十号'发射，我感动得差点哭出来。镜头特写给到火箭发动机，太厉害了，美国大片也做不到。在哈工大，很多教授一辈子在做和航天相关的研究项目。虽然我没有那么优秀，但是很有动力，这一切和我相关，就在身边。和我一样想法的人其实很多，我们平时都在开玩笑，讲荤段子，批判社会这个不好那个不好，但是在心里，我们都觉得我们国家不错。"

"一开始，我不想读工科，我妈填的高考志愿。实习时候，有一天下课，我看到文科生一个个穿得像明星，白衣飘飘；我们工科生穿着军训时候的迷彩服，这种衣服脏了也不可惜，民工一样。不过，当工科生多少会有成就感，比如，给喜欢的女孩子在车床做一枚戒指。我们系总共356人，18个女生，我们班级更惨，只有1个，她是我们的女神。"

"我的梦想是回到上海工作，下班后和高中同学打球，周末一起去看电影。我很怀旧，理想的生活与物质无关。打篮球的时候，想跳得高，身体要往下，深蹲发力，所以我想以后的事情也一样吧，等一等，后退一步，发力，说不定就做到了。"

Harbin
Engineering student
21Y

作为交换梦想的物件，他给我一把小榔头，他自己做的。

他带我去实验室，体验工科学生的生活。

暑假将至，窗外是炎热的午后，昏昏欲睡，时间变慢了，地球仿佛不转了。打开实验室大门，角落有个年轻男孩，他没穿上衣，额头滴汗，埋头拼接一个机器人。听见开门声，他没有抬头，专注在他的宇宙之中。

/091

义乌 / 琴行老师 / 25 岁

NAME **倩璐**

Yiwu
Piano teacher
25Y

　　"这就是义乌的优越感，很多本地人不需要工作，每天向外地来做生意的人收租，拿到钱，打扑克玩麻将。义乌发展得很快，很多暴发户，富而不贵。跟我年纪相仿的一些朋友、同学，大多没有工作，也不去工作，父母做生意，有店面，收房租，他们开着豪车，整天四处玩。再过些年，父母老了，接手生意，不愁吃穿。我不想变成他们那样。"

　　"我在琴行上班，我没有远大的梦想，想得太远会很累，每天都有收获有进步就好。"

　　—

　　她来自义乌，"中国制造"的集中生产地。

　　住在她家，早晨醒来，四处是机器运作的声音。有的低速，嘀嘀嘀；有的缓慢而响亮，咚！咚！咚！走下楼，一户户开着门，男人操控机器，女人坐在板凳上串珠子，或将文具装入塑料包装袋内。底楼和车库改造成私人小工厂和存货处，加工零配件，往世界各地发货。

　　她是一名钢琴老师。义乌出生，义乌长大。

　　义乌没有大学，因此年轻人不得不离开家念书。

她去了宁波，毕业那年，母亲要求她回家，认为宁波距离义乌太远。

　　琴行里，当她手指轻触黑白键盘，她腰板挺直，侧脸专注，像只骄傲的白天鹅。
　　"每次只要坐下来弹琴，一个小时又一个小时，时间很快就过去了。"

092

北京 / 金融行业 / 27 岁 / 工作第四年

NAME **胡熠**

Beijing
Financial industry
27Y
Work fourth years

"刚毕业，接了一个投资公司的私活，真的是我非常想做的事情。当时项目做了十天，每天我都处在连续工作 16 个小时的状态，很亢奋。交活那天，天亮才睡，和小说里的感觉太像了。投行，刚开始做很刺激，但是连续几个月身体受不了。这些年，我仍然坚持在金融领域，不怕难，这个行业不是看谁强大，而是看谁坚持得久。任何事情都是这个道理吧，办公室里人和人的关系也一样，都是磨出来的，需要时间。"

"荷兰读本科，英国读研，毕业的时候，遭遇欧洲经济低谷，不得不回国成为北漂之后，我发现北京竞争更激烈，中国人才太多了。刚开始觉得自己很厉害，后来发现更厉害的人好多，于是低下头，不急，该干什么就干什么。这种'不急'是荷兰带给我的一种心态，淡定生活。在荷兰留学，我明白了，读书只是大学生活的一小部分，其他乱七八糟、奇奇怪怪的事情，还有奇葩的人，看世界才是重要的。后来上班了，遇到奇怪的人、奇怪的事，就会有很好的心态。"

—

"接下去父母老了，需要照顾，也许我会回到西安。十年后，我成为爸爸，每个男孩都有一个愿望，想和自己孩子玩小时候没有玩过的玩具。孩子还小的时候，不会玩，我肯定帮忙玩，玩剩下了给孩子，哈哈！教育上，如果可能，不想让孩子走我以前读书很苦的路。十年后我会开着敞篷车，在加州晒太阳，用很轻松的心态过生活。"

093

西安 / 大学生 / 21 岁

邹俊琳

"这一年的旅行，虽然看了很多风景，经历了很多事，我却觉得更迷惑了，不断质问自己为什么休学，休学后又得到了什么。我在家抑郁了。"

"现在渐渐找回旅行的意义，旅行之后，我摆脱自卑，成为一个真正自信、处世淡然的人，见得多，心变大了。搭车的时候，我明白了一件很简单的事情：你想要的，你去做了，就会一步步实现。"

"我在读《达摩流浪者》这本书，作者搭车旅行、当林火瞭望员、在森林里打坐，和朋友登山、喝酒、作诗、论佛，我很羡慕。如果不是需要有担当，我会漂泊四方，做一个只活在书里的人，温酒会知己，仗剑行天涯。"

—

我们在西安的雕刻时光咖啡馆见面。

她早到了，觉得紧张，找来一张纸，背诵抄写佛经。

"思考大学意义的时候，我看了一部纪录片——《搭车去柏林》，窝在寝室两天，看完片子，激动得要尖叫。受到鼓舞，19 岁生日那天，我送了一份特别的生日礼物给自己：独自背包去云南。早上做了决定，下午就去买车票，晚上背着向同学借来的背包，搭乘 36 个小时的硬座火车。"

"在人民路下端，大理四中对面，深夜一群流浪歌手弹琴唱歌。我加入他们，一起跳舞喝酒看星星。那一刻，觉得也许这就是真正的自由吧！凌晨三点，周围居民报警，说我们扰民，一群人才回到客栈。"

"回到学校后，我立刻办理休学。一年的时间，走了很多地方：东北、四川、西藏、甘肃、青海、新疆、广西、广东、海南……进川西的时候，我和朋友背着帐篷睡袋，没有钱，计划为藏族同胞家里干活，换取食物和住宿。当我敲开每一家的门，道一句'扎西德勒'，没有一户人家拒绝，他们给我们吃的，不让我们做一点事情回报他们。我借宿过一户人家，大姐担心我嫌弃他们不卫生，她把我们的食物和他们的食物分开盛放，他们坐在一旁吃；还有一次，在木材检查站，一个大哥炒菜的时候怕他们炒的菜不合我们口味，让我们掌厨。"

"第一次踏上 318，搭车 9 天，最后一天，车子拐过最后一个弯，抵达拉萨，我见到赫然屹立在红山上的布达拉宫，哭了出来。这个心心念念的地方，终于不再是一个影子。"

"这一年的旅途，由于没钱，基本穷游，搭车或者火车，搭车的时候更多。穷游很苦，有钱就好了。我住过十块钱一晚，和藏族同胞混住没水没电海拔五千米的小屋；在零下二十多度，我扎过帐篷，夜里冻醒很多次，第二天醒来帐篷里外都结了冰；想暖和一点，我住过自助银行，却被报警赶走；最长 36 个小时，我一点东西都没吃，饿得前胸贴后背；和同伴性格不合，一路冷战争吵过……"

/094

武汉 / 服装设计系学生 / 18 岁

NAME **小双**

Wuhan
Fashion design student
18Y

"我有个弟弟，小时候我们一起上厕所蹲大号，一起在家演春节联欢晚会。弟弟不喜欢读书，我希望他能找到喜欢的事情；爸爸妈妈喜欢买彩票，以前我老反对，现在觉得既然他们喜欢，那么就买吧，祝他们早日中大奖。爸爸妈妈总是以我和弟弟为中心，我希望他们可以有自己的生活。"

"回到家，吃妈妈给我做的番茄鸡蛋面，牵着小狗在楼下散步，这就是我要的幸福。毕业以后，我会成为婚纱设计师，每个季度推出一个新的婚纱系列。爸爸妈妈当年没有拍过结婚照，我长大了，到时候想给他们设计，让他们穿上婚纱，去拍一套照片……（哽咽）完了，小玉，这睫毛膏防不防水啊？（破涕而笑）"

/094

武汉 / 服装设计系学生 / 18 岁

NAME **小玉**

"我喜欢设计服装，昨天是狂想，今天是成品，感觉很棒，我会拥有自己的服装品牌。"

"爸爸是工程师，但是一直以来他的梦想是成为雕塑家。我想以后有钱了，给爸爸开一个雕塑工作室，让他去做喜欢的事情。"

"直到现在我还没有恋爱过。十年后我就 28 岁了，好老！"

"这一刻，18 岁的感觉，那就是——每天醒来，充满希望。"

—

Wuhan
Fashion design student
18Y

约见我之前，她们特地化了妆，还去咖啡馆踩点。

两个 18 岁的小女孩，在纺织大学学习服装设计。

聊天的时候，爸爸妈妈从老家不断打来电话，确认见的"网友"不是坏人。

她们正在迷茫两件事。

"有个学姐，在公交车上被一个陌生人借电话，说很紧急，出门忘记带手机，学姐把手机借给对方，公交车门一开，那个陌生人逃跑了。今天我们也在地铁遇到一个人，看起来很可怜，问我们借手机打电话，我们很犹豫，最后没有借给他，其实心里很内疚。以后，到底要不要借给别人手机？"

"还有一件事，入党申请书要怎么写？"

NAME **正赫**

Tianjin
Graduate
22Y

"我的中学是河北第一的超级中学——衡水中学。除了读书，还是读书，每天都很努力，但是成绩永远上不去，因为同一所学校，大家比你还要努力，拼了命念书，每天考试都会排名，还有周测和月考，你再努力，总是没有进步，这种失落感对人的打击太大了。"

"我的个性如果能够更早得到解放，拥有自我意识，也许现在的我已经在做我想做的事情了。"

"在车间里，操控机器、操纵、记录……我会疯掉的，不是我要的生活，我喜欢和别人交流的感觉。有的人说，这算什么梦想，和没有说一样。我想过，把我的兴趣爱好和足球结合，成为足球解说，的确很棒。后来查看资料，足球解说大部分是科班出生，像我这样最多只能兼职去做一个网络直播。我的想法很实际，我会去公司上班，不是天天坐在办公室敲打键盘，而是去策划执行或者主持活动。其实我想过当销售员，但毕竟是青春饭。我现在学的工科专业，其实我并不讨厌，我考研，选择继续读三年工科，因为只有考研才能改变命运，有了研究生文凭，很多事情会顺利很多。放弃学业，直接去追寻梦想，我认为太不切实际了。"

一

工科生正赫，河北人。

大学期间，他是话剧团主席，也是班级的班长。
我和他聊天，他总是说个不停，抑扬顿挫。

正赫拿出一个四方纸盒，里面是麦克风，他递
给我，作为交换梦想的物件。

他握着麦克风解说足球，一进入状态，他的语
气兴奋。

没有画面的情况下，临场发挥。"各位观众大
家好，欢迎来到主播间，我是主持人正赫，下面给
大家带来一场世界级的较量。欢迎大家收看13-14
赛季欧冠四分之一决赛拜仁慕尼黑主场迎战红魔曼
联，首先为大家介绍一下双方的首发。拜仁今天排
出的是一个4-1-4-1的阵型，这是拜仁目前的最强
阵容，看来拜仁今天要全力拿下这场比赛。格策中
路拿球，横敲传给里贝里，里贝里走内线，漂亮的
单车过人，斜传给穆勒……"

正赫的普通话标准，如同广播台播音员。
旁桌的人不知情，纷纷朝我们这里看。

"我对我的大学生活很满意，我正朝着我想要的未来一步步前进。有的人当了四年的学霸，大学过得和高中一样；有的人打了四年的游戏，回头看觉得虚度。但是我的大学生活很充实，无论是学习还是在学生会工作，无论是社团活动还是为人处世，我都学到了很多东西。"

Winnie

Dubai
Air hostess
23Y
Work fifth months

"南非，澳大利亚，泰国，法国，西班牙，巴西，美国，巴厘岛……每飞一个地方，我会在笔记本上贴行李标签，写公司安排住过的酒店体验，也记录去了当地哪里参观。小时候我的梦想是环游世界，现在，因为空姐的工作，我靠自己一步步在实现的路上。我有一个亲哥哥和一个亲姐姐，我来自湖北农村。我觉得农村户口很好，很多福利。"

"大学期间，我读的专业是酒店管理，毕业后，第一年在上海的一家酒店工作，然后来到迪拜成为空姐。"

"上一班的飞行任务遇到一个难搞的乘客，我默默回厨房。这时候，一个外国老太太问我，'你还好吗？'不知道为什么，我鼻子一酸，眼泪流了下来。不久前，我听说有一个空姐的手臂骨折，为了关上行李架。其实拉餐车也很累，有时候飞机颠簸，人都要飞起来了。卖免税品的时候，箱子更重。但是，无论如何，我喜欢这份工作。"

"每次起飞前公司都有 Safe Talk（安全提问）的环节，我们要准确地知道如何应对火灾、气流，迫降沙漠冰川大海时如何生存，面对机舱内醉酒乘客如何用绳子绑住对方，如何急救晕倒的乘客。飞行过程中，安全比服务更重要。空姐不仅是发盒饭的，一旦发生紧急情况，我们要冲在最前面，负责几百条人命。当然，希望这一天永远不要发生。"

———

她很瘦，长了一张国际名模的脸。

在她的热情号召下，我认识了一群中国空姐。中东的夜晚，吃着火锅聊到深夜。

初次见面，她刚结束澳大利亚的航班任务，睡了四个小时，倒时差。

醒来后，她接我去她的寓所，我和她共同生活三天。告别前一晚，因凌晨有航班任务，伴随着窗外清真寺的祈祷声，她坐在化妆桌前，复习安全提问。

乌鲁木齐 / 医学生 / 21 岁

NAME **小冉**

Urumqi
Medical student
21Y

"我在新疆出生，新疆长大，我喜欢我的家乡。每个地方都有不好的人，但是，不能因为有不好的一些人，去认定这个地方的所有人都不好。我的爸爸是汉族人，妈妈是回族人，我究竟是回族还是汉族，这个问题让我很纠结。从小，外婆养大我，我接受的是回族的家庭教育，我想，我不应该违背外婆的养育之恩。以前不觉得这是个问题，现在才发现，两个民族的人结婚后，要面对的事情太多了。未来我会找一个回族人，可以一起吃上饭，能吃上饭很重要。我想要的爱情是经过相处，两个人彼此体谅，为对方考虑，并不是对方能力强，或者好看，而是真心关心你，了解你，给你陪伴，看你吃饭。"

"进入医学院的这三年，我把大部分精力都放在课外活动上，参加一个个社团，开一个个会。周末早晨，我离开寝室，室友在床上看书，夜晚回到寝室，室友还是同一个姿势在床上看书。比起她们，我觉得我在大学期间做了很多事。我从小的梦想是成为主持人，我喜欢站在舞台上的感觉。当别人精心准备好的节目由我报给大家，也许我不是表演者，但是我会把别人的心血和精华传递给观众，穿针引线。所以，进入大学以后，我在尽全力去体验这一切，等尝试了，做过了，没有遗憾了，安心去做一个医生。"

"这个世界很复杂，不过，我会成为一个负责的医生。也许会累得半死不活，累成马，累成一把刀，我还是一定会对病人负责。如果因为我的差错，技术不足，让病人受苦，我会很难过。能力强的人不一定会成为一个好医生，很可能是一个好领导。对于我而言，我只想成为一个好医生。而且我要成为交很多朋友的那种医生，我没有时间感受不一样的生活，但是和病患聊天也是一种方式，也可以得到不一样的体验。"

　　—

　　回族女孩小冉，小小的个子，刘海烫卷，笑起来眼睛弯弯，全身上下充满活力。
　　我身体不适，小冉带我去她的寝室休息。少数民族会喷各式香水，楼道散布着一股混合气味。这里很有异域风情，擦肩而过的姑娘，浓眉大眼。
　　我迷迷糊糊，一骨碌爬上她的床，睡着了，她特地为我准备了粥和水果。

　　"十年后和你再见面，我一定觉得现在的自己好幼稚，还在看《美少女战士》，但是，这就是我啊！"

"这一刻，我正在考研，之后的生活我已经看得见——作为医院的底层员工，在科里忙得团团转，成为一名妇产科医生，或者心理医生，肯定会特别辛苦，我的学姐和学长就在过这样的生活。学医后，我最大的心得是：你好好对待身体，身体也会好好对你。我一定要善待自己的身体，这也是对病人的保障。"

/098

西安 / 计算机系学生 / 22 岁

"我的大学专业是计算机，但我不喜欢这个专业。高考那年，我填的是地质勘探，没有被录取，调剂到了计算机。大学生活和我最初想的不一样，很失望。唯一的收获是一个人离家在外，有了自由支配的时间，认识了一群同学。我知道我是幸运的，我迷茫，那是因为能选的路太多。也许走投无路更好一点，没有选择，会一直往前走。"

Xi'an
Computer science student
22Y

"刚开学，我决定放弃被众人羡慕的保研机会。一个人去了成都，用三天时间想明白了一件事：我不喜欢计算机，不想再读这个专业了。我的梦想是成为设计师，将我的理念融入一件产品中，这样的感觉太棒了。小时候爸妈不同意，现在自己没了勇气。十年后的我33岁，尴尬的年纪。我应该还没有过上我想过的生活，先去投资银行或者咨询公司工作吧，赚够钱，然后去欧洲学习设计。"

"从小到大，我妈太强势，很多决定虽然征求我的意见，但是我内心害怕她，所以都还是听她的。她活得很累，想不开，其实我的生活应该由我做主，她不可能陪我到最后。"

—

他的皮肤白得透亮，他告诉我，这是平时在宿舍勤做面膜的成果，"电脑辐射太大啦！"

/099

大连 / 会计系学生 / 19 岁

"我的梦想是成为一名记者，但是，大学专业我选择了会计，因为我不想让喜欢的事情和工作重叠。学习会计很痛苦，每当我觉得痛苦，我会告诉自己，只是还没有找到会计美的地方。把兴趣当职业会更痛苦，因为我是一个没有时间观念的人，不休息，太投入，对身体和心理都不好。"

Dalian
Accounting student
19Y

杨莹

"我时常一个人出去旅行。未来如果我有了孩子，孩子告诉我想周游世界，相对事情本身，我更愿意探讨的是为什么我要相信他的能力、体力、财力，他必须说服我。现在他告诉我的是去旅行，将来或许是和合伙人去沟通一个生意想法，这是比周游世界更重要的本事。另外，我还相信运气和缘分，会发生的总是会发生，制止不了，反而担心太多。"

"小时候读《窗边的小豆豆》，启蒙了我对儿童教育的兴趣，我的梦想是开一间幼儿园。希望在三十岁实现财务自由，每年一半时间在工作，另一半时间在做那些短期看不到成果的事业。"

—

她在重庆出生，成都长大。见面那天，四月的柳絮飘扬在成都的空气中，吃过了老字号饭店的夫妻肺片和猪脚汤，我们一人一杯盖碗茶，坐在人民公园的竹椅上聊天。

浙江大学读书期间，她曾去台湾交换半年。她意识到，从小到大被无处不在的竞争意识灌输，"出去了，我幸福地被磨去很多棱角，成为一个典型的'无害动物'。"

/101

哈尔滨 / 中医学生 / 22 岁

NAME **美妮**

"我是学中医的，齐齐哈尔人。每次回家，朋友都找我把脉，甚至还有人问，'你们是不是和古代人一样看竹简？'哎！我不知道该怎么回答。"

"学医这条路漫长，每天看不完的书，做不完的实验。我学临床，同学来自全国各地，都是成绩优秀的人，所以压力很大。这两年我渐渐发现，当个好医生是一件让人敬佩的事情，治病救人多么神圣。这就是我的梦想，成为一名好医生，帮助很多人，不收红包，对患者好。"

"我们比一般人更懂得些常识，因此能给身边的人带来福利，我有个诊断老师，有天看父亲神色不对，陪着做检查，一查，癌症a1期，早发现早扼杀。"

"曾经我还有一个梦想——导游。我从来没有为这个梦想行动过，因为这是青春饭。"

Harbin
Chinese medical student
22Y

/101

哈尔滨 / 中医学生 / 22 岁

"我和她一样学习中医，来自齐齐哈尔。其实我特别不想学医，五年本科，尤其中医，太难熬了。一开始，我去学编程，发现我对代码不感兴趣，后来又尝试用户体验这一块，忙了半天，发现不具备天分。目前，我打算创业，一毕业就去广东卖鞋。一个卖鞋的老中医，哈哈！我喜欢鞋子，我想卖给学生群体。不过，家里没有人支持我，也都不能理解我。"

"大家都说，创业会百分百失败。可是我创业可以认识很多人，学会很多事情，对我来说这也是一种成功。爸爸很反对，我知道他不会害我，可我就是想闯一下，试一下，我怕现在不做，十年后更没有机会做了。"

Harbin
Chinese medical student
22Y

/102

北京 / 博士在读 / 25岁

"我的梦想是拥有自己的专利，然后回老家的村子去创业。"

"一个人想学习知识，只要努力学，总会学到的，看书不是唯一的方式，比如我们这样子聊天，结束了，也不知道学到什么，但是十年后回头看，其实有成长。"

Beijing
PhD in reading
25Y

她是村子里唯一读到博士的年轻人，现在在北大。爸爸妈妈都是老实本分的农民，一辈子在农村。每次放寒暑假回家，村里人会让她给孩子辅导功课，她都会去，不收钱。

她们是从小到大玩得最好的朋友，同一个村子的。

左边深色衣服的女孩没有继续念书，现在来到北京打工，她们依然是最好的朋友。

博士说："我永远记得，中学时候，我很久没吃到青菜，她在我被子里塞了水果，不留名字，后来我才知道是她，她是我一辈子最重要的朋友。"

重庆 / 毕业生 / 23 岁　　　　　　　　　*NAME*　小胖

　　"我的外公和爸爸都是军人，外公当年上过抗
美援朝战场。可能家里有这样的情结吧！我填报军
医专业，家里觉得挺好的，不要学费，还不用买衣服，
在学校不是穿白大褂就是军装。也许是因为家里小
气，不肯再给我交学费，哈哈！脱下军装，学校里
有人玩滑板，有人唱摇滚，有人跳嘻哈。我喜欢唱歌，
喜欢陈奕迅，喜欢《浮夸》，等等，现在别让我唱啊！
我还喜欢去找好吃的，我知道学校附近有一家卖绿
豆酥的店，等一会儿带你去。"

　　"如果是做白日梦，我想，十年后我已经离开
中国。在新西兰，我拥有一间咖啡馆，里面种了一
棵大树。我一直想经营一个小店，像西西弗书店那样。
如果我现在鼓起勇气脱下军装，爸爸一定会生气，
家庭是我最大的阻力，因此只能等博士毕业，工作
几年，转业后我会去做喜欢的事情，将我的旧军装
折叠收藏。以后，我绝对不会让我的小孩进入军队，
不要小孩再走一遍我的老路，虽然我一定会怀念这
段时光。"

　　—

　　他带我去吃重庆小面，一座天桥底下，不起眼，

店面简陋，坐满了人。

　　这家店曾经上过电视，辉煌时候，上过重庆小面 20 强。

　　吃着面，他见到老同学，笑着打招呼。

　　"她是产科的，读书特别好，我们都琢磨以后找她接生自己的娃。学医虽然累，但最大的好处就是一旦生病，知道可以找谁。"

　　"你知道这个世界上有一件最难脱的衣服吗？"在学校操场散步，他问我。

　　我摇摇头。

　　"军装，我们一旦穿上了它，要用整个青春才能脱下。"

NAME

Crystal

"工作两年半，觉得很辛苦，不是心甘情愿，而是好胜好强的香港性格逼着我。唯一的动力是下班逛街，百货公司买漂亮裙子，节假日飞到欧洲旅游。香港改变了我很多，变得现实，这里节奏快，生存成本高，不物质就会活不下去。"

"过两年，拿到香港 ID，不会特别兴奋，因为那是我用时间换来的，理所当然。我的梦想是开一家民宿，小屋里面摆满我周游世界带回来的纪念品。我从来不会去羡慕任何人，我要什么，会去想办法付出，然后得到。我不会辞职旅行，必须从事一份带给我强大经济后盾的工作。"

—

她带我去吃日本料理。

在香港，她有一份令人羡慕的贸易行业工作。高收入，国企，不犯错，做下去，香港 ID 稳稳当当收入囊中，况且港漂每月的最大开销——房租，她没有这个困扰，公司早已为她安排好市中心的豪宅。

许多人的眼里，她活得滋润逍遥。

可是，在一轮轮旋转的寿司前，她无精打采地说，

她过得很迷茫。

吃过饭，我们一起去她的豪宅。

即便是外表奢华的高档住宅区，电梯依然窄小。两室一厅，当她打开卧室门，仅七八平方米，一张双人大床已占去几乎所有空间。角落是在所有港漂房间都能见到的简易衣橱，一张小小的书桌上堆着深圳买的简体中文书，靠门一边的墙壁上贴满她外出旅行时的照片。

她换上白底碎花连衣裙，晚上参加同事婚礼。

"我在香港读研，学习传媒，毕业后顺利留在香港。每天九点上班，晚上八点下班。因为是贸易行业，晚上要熬夜接工作上的国际电话。我最近经常哭，这样的日子一天两天可以，连续很多天，人会崩溃的。我的生活看起来自由舒适，经济独立，但是总会有无力感。"

/105

北京 / 研究生 / 25 岁

NAME　**夏培源**

Beijing
Graduate student
25Y

　　"和爸爸已经很久没说话了。从北大西班牙语系毕业后，我没有继续留在北大读研，而是去北师大读教育系。爸爸很生气，他是典型的河南人，有点儿崇拜学历。他认为从北大到北师大，这是高才低就，他再也不能像以前一样和乡亲父老说儿子在北大念书，脸上沾光了。"

　　"我和他说不通道理，我的人生目标是做教育，北师大的这个专业全国排名第一，当然要选北师大。"

　　"我的梦想是成为一名大学老师，在我所研究的领域做出成绩，对学科、对国家有价值，还有希望减肥成功，变瘦一点。闭上眼，想象十年后，看到的第一个画面是我在做我喜欢的教育行业，飞去各个国家参加国际学术研讨会。"

　　—

　　初次见面，作为交换梦想的物件，他给我一瓶旺旺牛奶、一支牛奶棒棒糖。

　　"这两样东西让我随时都很快乐。"

　　我看着他，圆脸，黑框眼镜，衬衫外面一件毛衣外套。

　　还真像是旺旺牛奶上的小男孩！

/106

全职太太 / 24 岁

"我是一名全职太太，今年 24 岁。陪伴女儿长大，平平安安，这是我所有的梦想。"

"我曾经在欧洲留学，毕业后回国工作，在单位遇到了现在的丈夫，他比我大 5 岁。结婚，生子，一切顺其自然地发生了。做母亲，好像死过一次的重生，人生的一个转折点。承受那么巨大的疼痛，迎接你的是细水长流的幸福。以前我很消极，认为活着总会死，那么意义何在？现在有了孩子，我对世界才有了信心。"

"宝宝睡着，我会在一旁看着她，很久很久。我的心变得柔软，好像自己也回到了婴儿的状态。带孩子都是很小的事情，培养耐心。看着小孩，我发现有些本领和性格是天生的，他们是父母的镜子，有时候我看到宝宝的一些行为，我很害怕那就是我自己的模样。"

"最近我看一个德国人的滑翔视频，他说他的妈妈其实很担心他，所以每次飞行前他会进行很多训练，珍惜生命。我希望将来我的宝宝也珍惜生命，去做喜欢的事情，我不会阻止，我会帮着一起去实现。我想对孩子说，无论你以后什么样子，妈妈永远爱你，永远支持你。只要你快乐，追求美好。"

Full time wife
24Y

"我认为最幸福的生活是看着女儿长大，经常和朋友聊天吃饭，然后回家和老公一起看电影。"

—

第一次见面，她嘱咐我，不想被任何人知道，要求匿名。

我去她家做客，她穿着宽松的居家服。

看书，做家务，带孩子，托儿所接送，过着安静的小日子。

NAME **彭崧猷**

"大学改变了我，受周围工科生的大环境影响，日复一日地学习，做不完的习题，看不完的专业书，有时我会迷茫，更多时候是麻木。我被那种'考研、找好工作'的趋势影响，我以前讨厌这种规规矩矩的生活，现在，大家都在说国家电网是很好的工作机会，我会跟从大家。我学习的动力是看到周围人都在刻苦，我就忘掉梦想，抱起书朝图书馆走去。"

"我不想要现在这样的生活，可是我很清楚，今天和你说完，明天我又要回到原来的状态，因为后天有一门考试，再过四天又有一门考试。时间就这样浑浑噩噩地过去了，一下子恍然大悟，或许我们的父母也是这样，一点一点离梦想越来越远，好可悲。"

"我的梦想很大，我想去联合国工作。既然梦想那么遥远，那就希望十年后能有一两件做了之后让自己感动得想哭的事情吧！"

Xi'an
Engineering student
21Y

/108

广州 / 打工人员 / 24 岁

NAME　小灿

Guangzhou
Migrant worker
24Y

"小时候，我的梦想是为家里盖房子。那时候家里很穷，一下雨，瓦房的屋顶噼里啪啦漏水，我和哥哥做作业，雨滴在作业本上，我们一人一个桶去接雨水。也是在那时候，爸爸得了肾结石，没钱看病，妈妈出去打工，她没有文化，只能给餐厅煮饭，赚来的钱给爸爸交医药费，还有我和哥哥的学费。现在梦想成真，家里建了房子，爸爸的病看好了，他和妈妈买了社保，我不那么担心了。去年我哥结婚，生了女儿，妈妈和嫂子一起住，帮忙带小孩。"

—

小灿来自肇庆农村，我们在广州见面。清晨，一边吃早餐，一边听她说故事。

此时，她在广州打工，中午上班，深夜收工。

家人不同意小灿与男友在一起。

男友是广西人，不接受前来肇庆生活；小灿去广西，她的父母更不愿意她嫁得太远。

"我们没有坚定地在一起，所以分手了，我最大的顾虑是我不想对不起爸爸妈妈，他们是我的天我的地。"

NAME　朴明哲

"我的专业是信息工程，爸妈选的，其实我想读文科。我的梦想是成为个体户，开一家卖运动鞋的小店。店里面暗暗的灯光，一整排一整排的鞋子，想想就好棒！每个女人都应该有一双好鞋，每个男人也应该有一双好鞋，这样才能带着他心爱的女人去很多地方。未来我不想变成连我自己都不喜欢的人，这就是为什么我想要当个体户，因为不用和别人有利益关系。"

"我老家哈尔滨的，老工业基地，生活节奏慢，每个人很安逸。毕业后，我会去上海闯一闯，体验一下压力。之所以是一毕业，因为那是我最有冲劲的时候，绝对不能回家，一旦回家就没有出去的决心了。"

"要唠嗑找我，我很能唠，什么话都能接。一次，朋友和我开玩笑说，我觉得你眼熟，像某明星。我回应他，嗯，是啊，我也觉得我像我爸。"

朝鲜族的朴明哲，他正在延边大学读书。

单眼皮，高个子，圆圆的脸上冒了几颗痘痘。

和爸妈说了他的梦想，爸妈摆摆手，"个体户？算了吧！"

明哲仍然准备去开店，用他的说法 —— "挺下去，咬咬牙，牙碎了就吞下去。"

110

广州 / 大学生 / 20 岁

NAME **小凉**

Guangzhou
College student
20Y

　　"在大学，我是 TEDx 的工作人员，经常联系社会名人，邀请他们来学校做演讲。一开始我怕我的资历不够，被认为是小妹妹，和他们沟通时会紧张。后来我发现，老老实实把想法说出来，我的能力就这些，不装模作样，不自以为是，真诚地去请教，大人们都会愿意帮助我。"

　　"我的梦想是成为一名电影导演。电影是一面镜子，它让我看清世界，也看清我自己。每个人只有一种人生，但是在电影里可以活出更多的可能性。"

　—

　　高考复读那年，她曾写信给我，向我描述她的生活。

　　两年后，我们终于在广州见面，她已进入大学。

　　"现在想到北京，一定是那个艺考的冬天。长长的通惠河北路，长安街的傍晚，还有结冰的护城河。我不是艺术生，当时在汕头一所重点中学读书，我的梦想是成为一名电影导演，高三那年，为了去中国传媒大学读导演系，我放弃半年学业，到北京加入艺考大军，住在地下室。爸爸全程陪伴，支持我，

晚上为了让我好好安睡，他不睡觉，到走廊一个劲抽烟。我从来都不知道，这是临走前看门的老大爷和我说的。"

发榜后，她没有成功，选择复读。和所有同学断绝联络，害怕被嘲笑。

"当我进了大学，参加同学会，我发现我想错了，他们都觉得我很有勇气。我不后悔这个决定，比同龄人晚一年也有好处，以前的同学成为前辈，帮我探路，给了我很多实用的建议。"

"我想要的大学生活和别人不一样。别人的大学是比赛得奖、当干部、谈一场轰轰烈烈的恋爱、毕业前拿到很好的 offer，等等。 我想建立一个非利益的感情团体，毕业后一起去做些厉害的事情。"

111

"一开始，我和我妈说，'我想去跳舞'，她不允许，所以我都是自学的，进步很慢。然后，我出去偷偷找舞蹈房练习，假期每天泡在那里。一间舞蹈房差不多三十平方米，二十多个人在那里各练各的。没想到，我坚持到现在，越跳越好，经常参加比赛，也偶尔给明星伴舞。通过跳舞我渐渐有了自信，以前很自卑，别人说任何话，我总觉得在影射讽刺我。"

"我觉得自己不奇怪，只是相当奇怪而已。我会一直跳舞，生活有很多压力，跳舞能够遗忘。"

—

阿潇是一名街舞舞者，为明星的演出伴舞。

剃了短短的头发，大号的汗衫，宽松运动裤，手臂暴青筋。

一个月前，我收到他的邮件，他说，他刚从美国回来，在温州老家，准备专程飞来大连找我。我本以为是开玩笑，结果没想到，当我在大连的时候，他提早两日抵达，等我联系他。

他说的话不多，在人群中低头不语。

Dalian
Dance
Student studying in the United States
20Y

"对了，还有一件事情，我是跳舞的。"四下
无人的时候，阿潇突然告诉我。

　　他拿出电脑，给我看街舞比赛的视频。视频里，
他和黑人正在斗舞。

　　视线从电脑移开，我很不确定地看着眼前这位
腼腆少年。

　　跳舞的时候，阿潇旁若无人，张扬外向，充满
挑衅。

　　"你应该把书念好，其他事情都不要做，将来
毕业了，回温州接手家里的生意。"

　　对于他跳舞的事，他爸妈始终是这句话。

/112

重庆 / 新闻系学生 / 21 岁

NAME 马玺

"爸爸读的书不多，但他知道离开农村才有好的出路，得到好的教育。小学五年级开始，我被送出去上学，寄宿在老师家。如果不是因为爸爸的决定，也许我上不了大学，去不了台湾交换，一辈子在小地方，庸庸碌碌。这些年每次离开家，爸爸有个习惯，总会在我的书包里塞一包纸巾。他总和我说，他不想成为我的牵绊，如果我要去某个地方，那里有我想做的事情，我自己去，不用考虑他。"

"今年寒假，我和爸爸冷战，和他价值观有差别，他觉得好的，我不觉得。他后来和我说，'总有一天我和你妈会离你而去，你不可能一直依赖我。'一下子，我情绪崩溃了，我根本无法想象父母离开我的瞬间，我会觉得全世界都塌了，天地之间无依无靠，成了孤儿。"

"我的梦想是成为一个独立的女人，优雅地老去。走很多路，看很多书，认识很多人，以更加丰富的角度看这个世界，领略更多人性的事情。"

"现在的我，面前有许多选择——保研，考研，留学，工作……我不知道该怎么选，很迷茫，纠结到死。我怀念以前为了高考拼命，只有一条路的感觉。你懂吗？那段日子专注于一件事，不去想结果如何，没有杂念，只是沉浸在努力付出的状态。"

Chongqing
Journalism student
21Y

她在重庆大学读书，作为交换梦想，邀请我和她一起上课。

　　坐在教室，她低声告诉我，新闻系有一半以上的同学，他们没有新闻理想，准备报考公务员。

　　"大学读新闻，我自己选的，我有新闻理想，这是我的执著。我不同意'中国没有新闻自由'，至少，有很多人正在为新闻自由而努力。"我第一次见到她，她双眼放光坚定地说。

　　"我在报社工作，每天要写很多新闻稿，进入新闻行业后，谈不上喜欢，也谈不上讨厌，反正不是我想象的有意义的事情。"毕业后，再次见面，她淡淡地说。

/113

大理 / 辞职 / 25 岁

"在路上，我越来越不知道我究竟是谁，我感到痛苦，现在的我不是真实的。父母只知道我在外面，不知道我在搭车旅行，更不知道我去了西藏。"

"搭车追求的是一种过程，一段故事。在成都，一辆车愿意载我，他们直接开去西藏，我拒绝了。如果立刻到达终点，那就丧失了搭车的意义。"

"到达西藏，云朵很近，雾霾很远，后来我去中国其他地方搭车，发现都比不上西藏，所以现在我考虑停止旅行，不想再去其他地方了。"

"我的梦想是拥有一片茫茫草原，像苏武一样去牧羊。"

Dali
Resignation
25Y

—

他搭车路过大理古镇，与我见面。晒得黝黑，戴着帽子，身形瘦小，留一撮山羊胡，手臂上挂了一串佛珠和一根鸡血骨。

他是内蒙古人，毕业后和朋友创业，受到电影《转山》的鼓舞，成为一名搭车背包客。

在西藏，他去过阿里无人区的魔鬼池裸泳，也在凌晨的大昭寺门口静坐思考人生。

/114

北京 / 辞职 / 23 岁 / 工作第一年

NAME **冷夏**

"做广告的有很多怪人，比如我，哈哈！我的工作就是要想很多特别的点子。虽然一直在思考，但是我发现我从来没有时间思考自己的事情。选择辞职，因为我认为一个人的价值是工作之后的时间体现的。做广告这行，根本没有自己的时间。大家都放假的时候，我依然加班，男朋友来办公室陪我，我一直忙到天亮，他睡着了，就这样，我们一起过节。天亮了，洗个澡，不回家，继续干活，太累了，完全没有时间留给自己。"

"我喜欢青年空间，想去做这方面的事情。今天和老板说了辞职的事情，现在心情很好。"

Beijing
Resignation
23Y
Work first year

西安 / 计算机系学生 / 20 岁

NAME 李浩

Xi'an
Computer science student
20Y

"骑车让我知道了人生的许多可能性。"

"希望十年后，30 岁的我哪怕沦落现实中，有孩子了，安稳了，承担很多责任了，我还保留着不为人所知的骄傲。我的梦想是给家人很好的物质保障。"

—

作为交换梦想，他骑车载我夜游西安。

第一次见到李浩，他推着自行车，行走在人来人往的回民街。害怕宝贝自行车被偷，我们去吃饭，李浩把自行车扛进餐馆。

"自行车救了我。"

"初三那年，一个普通的早晨，我起床后觉得腰疼。到医院检查，诊断结果，腰间盘突出症，不得不休学。腰疼的时候，身体直不起来，爬楼梯真的需要'爬'上去，腿打不了弯。那种痛苦，那种坐立难安，我此生都不想再体会一遍。你知道吗，对一个 15 岁爱好足球的少年来说，在家静养意味着什么？电视只有 32 个频道，每天能做的事，从 1 台看到 32 台，再从 32 台看到 1 台。"

我只想成为英雄背后的普通人　　**191**

"爸妈带我去北京看医生，那里的病人来自天南海北，人满为患。有的南方病人等了一个多月也没见到医生，我妈害怕，直接带着礼物找主治医师，低声下气地求他。后来等了两天，我有床位了。妈妈回去工作，爸爸请长假，病房加床，昼夜守护我。四十多天后，病情没有好转，回到家，天天躺着，全家陷入绝望。有个夜晚，我梦见我在奔跑，北京专家却说我一辈子不能再跑了。那天梦醒后，我哭了一天。"

　　"最低谷的时候，能出门了，我开始接触自行车。起初在家门口试骑，渐渐地，越骑越远。到了现在，我成为一名业余自行车运动员，拿过全国自行车比赛的名次。今年在青海湖骑行，有一段路特别滑，村子里所有的藏族同胞都出来了，给我们鼓励，喊'扎西德勒'。第二天，路过一个旅游团，我们骑过去，他们追着我们跑，大喊：'哥们你们太帅了！'那种快乐，就是自己的行为给别人带来了阳光，别人感觉好，我也感觉好。"

NAME **陈曦**

Yiwu
National defense student
22Y

"嘿！我们是介于普通大学生和军校生之间的某种神奇的生物。高考那年，我妈知道了'国防生'，虽然不清楚国防生是做什么的，但一听说不需要考虑未来工作出路，我妈立刻给我报名。后来知道会被分派到边疆，我妈后悔了。我是觉得还好，去就去呗。我脾气好，身体好，逆来顺受。我没有明确的梦想，可能是因为毕业之后已经有个去处了吧。"

"国防生的生活平时和正常的大学生一样，除了早晨和夜晚会组织集训，假期还会被'下放'到部队或者军校。毕业后，天南海北，去祖国的各个角落。我看我身边的人，战友里面有思想非常红的，立志戍守边疆；也有对未来迷茫的，打算在部队待一辈子算了；还有后悔了，想逃走的。至于我，原本想去部队带兵，但是后来听说女生几乎都是被分去机关工作，有点沮丧。"

"我一点也不后悔成为国防生，毕竟总要有人去那些地方啊！"

—

陈曦，义乌人，在东北读大学。
"我是未来的解放军阿姨。"她欢快地自我介绍。

学校每年的新生军训，由国防生当教官，她去年成为教官，穿上军装，相当威风。

谁能想到，私底下，这位女教官喜欢做手工，喜欢看动漫，喜欢 cosplay。

她的男朋友也是国防生。国防生的自由活动时间少，因此，他们很少见面。想到未来如果在部队，更不会常常见面，她认为她能接受这样的恋爱。

她吐了吐舌头，说："天天在一起会很恶心的！"

"我希望以后被分配在家附近，家人受不了我去很远的地方。"

"我喜欢现在的自己，心态好，特别看得开。"

西宁 / 毕业生 / 22岁 / 即将入职成为公务员　　　　*NAME*　　# 邱廖莎

Xining
Graduate
22Y
Soon to enter the job to become a civil servant

"高考填志愿，我爸让我读会计，他认为这是个务实的专业，去哪儿都能有工作。"

"回到老家，我通过了公务员考试，正等着工作安排的消息。很多人不喜欢公务员的生活，但我的想法不一样，不去体验就不知道究竟合不合适。如果真像大家说的那样清闲，这也挺好的，每天能看韩剧学韩语，下班后参加兴趣班，还能留在爸妈身边。"

"我的心里一直都有一个'上海梦'，15岁那年，读郭敬明的小说，他带给我对上海的憧憬。上海是一座光速发展的城市，充满奢侈品和俊男美女，高端洋气。我想去感受那种忙碌到无法喘息的生活。也许经历一下，我才懂得珍惜老家的安逸生活。我希望未来的我变得瘦一点，买辆车，有自己的房子，给爸妈找个保姆，他们不用干家务活。"

"十年后的我，希望不要后悔成为公务员的决定。"

—

抵达西宁，廖莎正在考驾照，上午的课结束，来火车站接我。打车经过一个楼盘，她告诉我，她家即将搬到那里，以后距离火车站更近了，还有一个繁华的万达广场。

　　她带我去喝酥油茶、回族酸奶，还有羊杂汤。在西宁的两个夜晚，我住在她家，五四大街上的老房。西宁的夏天很冷，我们挤一张小床，盖厚棉被。

　　每次出门，和廖莎爸爸道别后，爸爸会站在院子里，透过窗户，又和我们说再见。

　　无论我们去哪儿，爸爸总会打来电话，和廖莎聊几句话。

　　"从小到大习惯啦！就算将来孩子不黏着我，我也会黏着他，像是爸妈黏着我那样。毕竟是我娃，不和我说，和谁说！"

　　"20 岁那年，当时的男朋友在丽江旅游学院读书，暑假的时候，我去找他，我们一起在丽江开了家酒吧，两个人齐心协力，不过也没有那么浪漫啦！有时会遇到讨厌的客人。最后转手的时候净赚了一万块钱，很值得纪念，生命中第一次自食其力。"

　　"虽然你看到西宁的外表和上海没有区别，但是内在的不同太大了，信息闭塞。回到西宁，大学学的知识都没用了，这里没有发展空间。"

NAME 雪琪

"我的梦想很简单，十年后，生活得像爸妈那样，我已经很满足了，只是我希望爸爸妈妈不要总因为一点小事就吵架，就像今天早上没给我做蛋炒饭，两个人马上吵起来。父爱如山，也希望爸爸不要轻易说出放弃，如果没了爸爸，我的天空就塌下来了。"

Harbin
International student in New Zealand
19Y

/118

哈尔滨 / 新闻系大学生 / 19 岁

NAME 小董

Harbin
Journalism student
19Y

"历任的男朋友都是我主动追来的。追男生是一种态度，接下去长大了，我会用这个态度去猛追一份工作、一个机会。女孩不能总是被动，一旦承认被动就示弱了。既然男女平等，那么很多事情是一样的，为什么不能去追男生呢？"

"我喜欢专注的男生，一个男生身上有了专注的品质，一切事情都可以成功，这样的男生也很有魅力，归根到底，这是有责任心的体现。"

哈尔滨的第一顿晚餐，华梅西餐厅，俄式西餐。

雪琪带来了她的好朋友小董，两位 19 岁的女孩，已是彼此 8 年的好友。雪琪父母担心女儿见陌生人，所以一定让小董陪着。

119

哈尔滨 / 咖啡馆老板 / 23 岁

NAME **串神**

"本人外号'串神'，痴迷烧烤，而且我做的烧烤无敌好吃，我毕生的梦想是开一家烤串店，想咋吃就咋吃。"

"大学时候，我读的是应用心理学，因为看了电视剧《沉默的证人》，幻想毕业后也可以那样帅气，结果太枯燥了，和想象中完全不一样。拿到资格证书后，在东北没用，没有人愿意每小时花 400 元和我聊天，找工作艰难，所以我和她跑去马路摆地摊卖羽绒服，一晚上净赚 300 元。对未来一筹莫展的时候，她问我，一起开咖啡馆不？别人说走就走，我们说开就开。结果，我这么个有宏大烤串店理想的人，居然开了家咖啡馆。"

"咖啡馆最重要的在于氛围、装饰，以及咖啡的质量。不过，开咖啡馆不是想象中那么浪漫文艺的。每一件事再喜欢，都会有必须面对的困难。比如，咖啡馆的地点稳定很重要，如果房东加房租，或者干脆不再出租，那就麻烦了，没有熟客了。另外，开了一家店，你会被困在店里，常常还必须面对奇葩的客人。有钱人开咖啡馆是图好玩，可我们玩不起。"

119

哈尔滨 / 咖啡馆老板 / 23 岁

NAME 梦梦

Harbin
Cafe owner
23Y

"大学时候，我们是室友，我喜欢喝咖啡，喜欢一切文艺气息的存在，一直梦想着开咖啡馆，我和串神开玩笑，'我的咖啡馆开在你的烧烤店对面，埋汰你的土你的俗气！'"

"开店第一天，前一夜睡不着，幻想会不会来的人太多，没空位坐。早上醒来，店门口也摆了桌椅。结果那天一个客人也没有。到了夜晚，我默默地把门口桌椅收进去。开店以后，我的最大改变是越来越踏实。有时开灯久了，会心疼又多了十块钱的电费。"

"所谓的文艺就是赚不到钱，我领悟了。因为咖啡馆是梦想，但没钱赚，所以串神和我妈负责全职经营咖啡馆，我白天去银行上班，晚上来店里帮忙。在单位，我没有和任何人说过咖啡馆的事，这是属于我的私生活。"

"我去南方，朋友说，你不要开口，东北口音会被人觉得俗。朋友又说，开咖啡馆，在南方可以，到了东北，没人会去的。我就在想，东北人怎么了？南北虽然不一样，但看的是同样的书，上的是一样的网站，小资情结、少女情怀，样样不落，谁都想穿得好看，找个梦幻的地方聊天约会，度过一个下午。不过，豆瓣这类的文艺网站，我发现在哈尔滨好像真的很难发起活动。"

漠河北极村 / 青旅老板 / 27 岁

NAME **菜菜**

"我是中国最早的一批搭车背包客。最难忘的一次，站在路边，整整 40 个小时都没有车。我不放弃，啃完剩下的最后一点压缩饼干，站着风里和自己耗着。直到有辆卡车出现，司机停下。坐上车的那一刻，我为自己骄傲。"

"来到北极村的游客，十有八九是已经走遍中国、走遍世界的人，见多了，也就见怪不怪。一个月里，碰到一个真正聊得来的人，已经很难得。周游世界不是玩，而是要用一辈子慢慢做认真做的事情。最近一个四川住客刚走，独自把中国走了个遍，来到北极村，拍了些照片，社交网站发过状态，一晚上就离开。太快了，为走而走，意义淡了。安静地在一个地方坐下，体会生活的人很少。"

"周游世界是一个很大的梦想，很神圣，但是很多人把这件事给践踏了。可能一件事做的人多了，这件事会掉价。世界很大，一辈子未必能实现，所以，我不会轻易羡慕或者崇拜绕了地球一圈的人。在路上的人很多，令我佩服或者认同的人很少。在青旅，我宁可一脸冷漠。"

"我想找到和我一样漂泊的人，但是很难找到同类。在中国，基数很大，但是志同道合的人太少，能走在一起，机会更小。十年后，我 37 岁，很想看

Moke County North Village
CYTS boss
27Y

看那时候的自己，应该会有惊喜。未来的家，有个
房间都是世界各地的纪念品，我有很多故事可以讲，
身边很多有趣的朋友。现在，我和父母的思想有很
大差距，聊天总是不愉快，会争吵，但我依然爱他们。"

"我的梦想是一边周游法国，一边学习烹饪。
成为一个去过很多地方，又会很多手艺的人，不会
饿肚子，而且很有趣。"

—

漠河，中国最北的城市。继续往北走，有个村子，
名叫北极村。

村民们打开窗，对面是俄罗斯。边界竖了块石头，
刻着："我找着北了！"

在这里，天蓝得耀眼，雨后时常出现双彩虹，
傍晚天边壮烈的火烧云。夜幕降临，星空璀璨。

菜菜的青年旅社位于北极村，门口堆着烧饭和
暖炕用的柴火。

他刚买菜回来，哼着小曲，在厨房清洗案板，
准备切菜。

NAME 李卫蓉

"我想成为的老师，不仅仅在知识上指导，还能在生活与情感上提供帮助，介于妈妈和老师之间的模样。我的梦想是去影响身边的人，不需要很大的影响力，但是能帮助到别人一点点，我就很高兴。"

—

我在兰州，和卫蓉一起生活。她研究生刚毕业。南京人，小小的身板，看起来像高中生。

下星期，她将第一次站上兰州大学的讲台，成为一名大学老师。

"也许因为是西部的关系，这里对于大学老师的资历不像沿海那么严格要求。我研究生毕业，顺利过来成为教师，也算是运气好。"

虽然工作稳定，压力小，有寒暑假，又有西部补贴，但是，家里对她的这份工作并不支持，认为兰州离家太远。在卫蓉看来，这里除了天气干燥，其他都能接受。

十年后，她不确定仍然留在兰州，她想回到父母身边。

/122

上海 / 在澳洲的留学生 / 25 岁   *NAME*   **张晋辉**

"高考考砸了，所以出国留学。中介看我的数学成绩不错，建议读精算，然后我就去了。今年是我在澳大利亚的第七年，即将博士毕业。"

"我的大学生活没有 party 只有 library，因为我知道和当地人相比，想赶上他们只能靠额外的时间和努力。一次考试，里面一道问答题——请评价澳洲的医保体系。我心中立刻万马奔腾，憋了半天只写出两句话，看着周围奋笔疾书的澳洲同学们，我当时心里在想，要是问我中国的，我写个三四千字都可以。"

"和我同时来悉尼的人一个个回国，放弃了永久居留，他们认为不能再这样生活下去，跟提前退休一样，没有挑战。我还是决定留下，明年按时毕业，希望能留校当老师。钓鱼、拍照、做代购，生活三大事，感觉还不错。"

—

坐在外滩的酒吧，上海阴冷得无法感知脚趾头，他却一脸兴奋，"在澳洲待了七年，太久了，久到都快忘记十二月的冷空气。"

他在澳大利亚买了房，有了车。日子过得不错，

Shanghai
International student in Australia
25Y

钻研摄影，蓝天白云，海边垂钓。

在他留学的学校里发生了一件事，中国学生们受到冒犯，组织反抗，收集 2000 个留学生的签名，希望得到市长重视。当时，他觉得这是一件很了不起的事情。

可是，一位澳洲同学得知后，说："其实你们可以直接写信给市长。"

他说："那一瞬间我感到震撼，我们一辈子都跪着，没有被尊重过，跪久了忘记还可以直立行走。"

123

成都 / 大学生 / 21 岁

NAME **张涵月**

Chengdu
College student
21Y

"2008 年 5 月 12 日，我失去了大舅、舅母和二姨，我的（表）哥哥在地震中因为救女朋友，本来可以逃出来的他，废墟下埋了四天才得救，下肢高位截肢，那个时候他刚大学毕业。现在他是个孤儿，女朋友也离开了他，他以后的人生都只能一个人在轮椅上度过了。"

"经历生死考验，我爸妈劫后余生，地震发生一年后，他们却决定离婚。我从小做好了他们总有一天会离婚的心理准备，所以 18 岁那年，我很淡定地接受了这个事实。爸爸妈妈感情一直不好，导致我从小以为结了婚的两个人就没有爱情。长大以后，看到同学的父母依然相爱，才明白这种情况只存在于我们家。我天天小心翼翼，听到家里的一声一响都会担惊受怕，我害怕他们又要爆发，又要打架。"

"离婚不是一件悲伤的事情，有时候它是最好的选择。别人家的父母会对孩子说：长大了要做像你爸爸 / 妈妈一样的人，而我听到的是爸爸叫我不要像我妈，妈妈叫我不要像我爸。我跟着妈妈生活，爸爸拿走家里的所有东西。从此以后我明白了，以前说的无懈可击、坚不可摧的亲情其实也是脆弱的。说父母是这个世界上你唯一可以永远相信的人，唯一不会背叛你的人，唯一不会抛弃你的人，那样的话我再也不信了。标题是'这个世界上没有一个男人会像爸爸那样爱你'的文章，我再也不看了。"

"我的梦想是成为一名演员，我不害怕娱乐圈的复杂，我已经做好准备，我也想试试参加《快乐女声》这样的选秀节目。最跨不过去的那道坎，也是最关键的第一步，其实是来自妈妈的支持。在我妈眼里，世界上只有三种工作——老师、公务员，还有给人打工的。我必须在演艺路上做出一些成绩来，她才能理解我的坚持，可是在中间的等待阶段，如果她一直反对，我不知道该怎么熬过去。"

"我可以理解我妈的想法，问题是，她很难理解我的想法，也很难被我改变，如果将来我有孩子，即使我不理解孩子的想法，我也会让孩子去做喜欢的事情。因为现在我体会到了，自己想做的事情，妈妈不能理解，真的非常痛苦。"

"十年后，我是一名演员，至少拍过电视剧了，最差是在企业里，绝对不会在部队。那时候变瘦了，很有气质。我会等妈妈先找到对象，她结婚后我再结婚，我不想让她尴尬。"

—

汶川地震，那一年她正在读高中。

她是羌族人，来自绵阳。

地震发生前，她在寝室睡午觉。开始摇晃，她
以为有人在踢床。意识到是地震，室友们奔走逃命。
地震后，她回到教室，书桌一排排倒在地上，"可
是我的桌子还好好的在那里，堆成山的练习辅导书
也好好的在那里，看着就想笑。"

在成都，我们见面，那天她身穿孔雀蓝色的毛衣，
表情淡然。

从小在部队大院长大，她的梦想是成为一名演
员，进入演艺圈。很小的时候，她学钢琴，一直是
班级的文娱委员。当她说出梦想，母亲一直极力反对，
认为学习才是唯一出路。

NAME **周雷博**

Shanghai
Full time stock
25Y

"你能想象每次点鼠标的压力吗？一秒就是几万块，很挑战心理承受力。"

"大学时候我开始炒股，现在全职炒股，每天股市开盘到结束就是我的上班时间，接下去我会逐步接手家里的生意。我的梦想是 35 岁之前成为千万富翁，然后退休。"

—

每次他找我聊天，话题不离当日股票行情，"今天赚了两万……"

父母做生意，无暇照顾他。因此，他从小寄宿在不同的老师家。

26 岁生日，他和朋友去网吧打了一盘游戏。
我问他，许过什么愿吗？
"我要活得好好的，说不定活不到十年后了。"
他笑着说。

/125

北京 / 辞职 / 25 岁

NAME 小兔

Beijing
Resignation
25Y

　　"父亲给我讲过两广填四川的野史，他说祖上可能是广东人，我问他为何我们的祖先没有下南洋，他说年代太久远，他还说麻将是郑和下西洋的时候在船上无聊才发明的玩物，说完他就出门打麻将去了。"

　　"我妈生我的时候难产，情况危急，大姨夫拦了一辆巴士直奔县城的医院。据说我爸走路脚软，大夫问他保大人还是保孩子的时候他说不出话来，不过最后一个女大夫救了我一命。"

　　"我妈是女强人，在我的成长过程中一直灌输我女权主义思想，譬如，女人不比男人弱，任何时候都要靠自己，女人不是男人的附属物。爸妈离婚后，我跟着我妈生活。我从来没觉得单亲家庭的孩子有什么不幸的，要说唯一的不幸估计是节日吧，所以到现在我依旧讨厌节日。"

　　"我总是一条路走到黑，所以有很多值得说的故事。"

　　"毕业后来到北京，第一份工作在出版社，当时我负责编辑一本旅游随笔，作者用 300 元一路穷游，从北京去拉萨。我心想，如果这样都行，我存了三万元，一定可以走得更远。我立刻辞职，去旅行社办签证，买了一张去马来西亚的机票，当晚飞过去，毫不犹豫。"

"这段旅行持续一年，钱用完了，回到北京。我住地下室，我妈知道了，坚持要我回四川，去银行工作，早早结婚。我死也不肯。我的梦想一天一个，每天都是新的，我的性格是只要还有一口气，就不会停止寻找我要的生活，一直折腾下去。十年后，我会生三个小孩，在一个安静小城开一家小店，每天接孩子上下学，生活很纯粹。在大城市里我总是找不到自己的位置。也有可能十年后我在尼泊尔爬山，和现在一样的发型，别人问我多大，我还是会说我 25 岁。"

126

上海 / 大学生 / 21 岁

NAME 王浩

Shanghai
College student
21Y

"我的梦想是努力读书，提前一年毕业，接手妈妈的生意，不再让她被别人欺负。人长大，有了儿女，会减少对父母的爱，转移到自己的孩子身上，这是自然规律，但是我不想变成那样，我对妈妈的爱永远不会有一点点的减少。"

"我不累，未来的我一定会感谢现在那么认真生活的自己。"

—

他在上海出生，上海长大。第一次见面，在人民广场，他给我看笔记本，上面写满一年内计划完成的任务，他说："我把人生规划写下来，一步步实现。好的大学会提供很多机会，我高考没考好，现在能做的是努力创造条件，参加各种校外活动，去加入优秀的圈子。"

"在台湾交换，我交了很多朋友，最大的收获是学会了为别人考虑。我参加的戏剧社团，气氛很好，每个人都得到机会学习，不被孤立，每当有新学员加入就会传递这种精神。周末，一群人约好去打羽毛球，有些社员打不好，害羞说不会，我们会热情邀约他们，来啊！一块吧！试试啊！有时候故意让他们赢，树立信心，后来我还发现，大家还会故意说自己很累，让出机会给别人玩。"

"今年暑假，我在上海的一家法院实习一个月，随后又去乌克兰做志愿者，刚去的时候语言不通，找不到路，接着又发生宿舍丢钱、整栋楼断水，最后几天我还病倒……"

此时，他正在一所小学兼职自然科学课老师。

我们进行交换梦想，他邀请去学校听课，并且站上讲台，代他上一堂课。

/127

义乌 / 毕业生 / 22 岁

NAME **梓怡**

Yiwu
Graduate
22Y

"我是横店人,在宁波读大学,毕业后回到家乡,家乡似乎出名了,有钱了,感觉好像回到了村子,但又不是熟悉的那个村子。这些年,横店的变化太大了。小时候我常常在山里玩,现在那些山已经被挖掉,建成演戏用的宫殿。外婆家那里的田野,柳树一棵棵被连根拔起。"

"我的梦想是在横店开一间咖啡馆,座位不多,三四张桌子,里面有书,墙上贴照片,都是在咖啡馆发生的事情,比如,某个人在这里约会,成功结婚了。我还会去二手市场淘一些家具,有历史感,还省钱。以后很多来横店拍戏的明星会在我这里喝咖啡,和我聊天成为朋友。墙壁上,当然还有明星的留言和签名。"

"如果这个梦想失败,我会成为一名老师,虽然遗憾,至少不后悔这一生。我不想过我妈那样的人生,她从来没有为自己的内心去活,只知道赚钱。"

/128

广州 / IT 从业人员 / 25 岁

NAME 流沙咖啡

"下班后，摄影是我的爱好，填补了工作的空虚，带来存在感。现在 IT 行业人才饱和，哪怕在最顶尖的公司工作，我们作为底层，也没有未来，现在你知道'IT 民工'这个说法的由来了吧！"

"我的爸妈能理解我，除了我不想考公务员这件事。"

—

不久前，他成为"辞职去西藏"大军里的一员。
背着摄影器材，辞掉工作，奔赴西藏。
"辞职的时候，一点也不担心。有手有脚，肯干，死不掉。"
一个月后，回到深圳，他感慨西藏太美，哪里也不想去了，重新找了份工作。

医院电脑不能坏，他作为技术人员，每次上班，必须 72 小时随时待命。
有一次，他在值夜班，医生前来求助，电脑出了问题。
他过去一看，说要查一查，医生说："你不能现在就告诉我怎么回事吗？"

Guangzhou
IT employees
25Y

他无奈地回应对方："你能看一眼患者就知道什么病吗？"

他在深圳长大，老家江西，当年父亲带着全家来到深圳发展。

"我读书的时候，身边同学也有很多北方人，学校讲普通话。深圳很包容，不管什么人，都可以在这座城市找到自己的位置。"

"我有一个摄影心得，拍一张好看的照片那不算什么，拍一系列的照片就很壮观，意义会自己显现。时间在摄影之中是很重要的元素，很多事也一样，再无聊的一件事，只要和时间挂钩，就会变得有意义。嘉倩，你记录了一个人的梦想，这也许不算什么，但是，'交换梦想'收集了许许多多人的梦想，这就是它的独特意义。"

NAME **Doris**

"有句陕北的老话——'现在吃的苦，是以后会享的福。'我们来自陕北山区的窑洞，一起考出来，大学毕业后留在城市工作。农村出来的人有一种品质，虽然没有大城市那么宽广的眼界，但是待人特别真诚。还有，农村人一般满足于现状，慢下来，很安逸，很舒服。"

"离开农村后，城市改变了我们的思想，也改变了我们的健康。"

"我和他有一个共同的梦想：做慈善，帮助贫困山区的儿童，因为我们就是从那里出来的。"

"我和他在一起很久了，因为他，我的人生没有走弯路。我从 BBC 辞职，离开英国，他在昆明，我也来到这里工作。处到现在，他是值得的，虽然没有提到结婚的日程，但是我的心里已经想到了，这个人是我最终的托付。我很幸运，以前有父母宠爱，现在有他疼我。"

Kunming
25Y

130

香港 / 大陆学生 / 20 岁

Hongkong
Mainland students
20Y

"今年是我来香港的第二年，读教育学本科。一开始是爸妈的决定，他们认为大学四年的学费，等我工作三年，拿到香港身份证，这笔钱花得很值得，投资移民过来也要那么多钱。我不喜欢也不讨厌，接受了这个安排。"

"当老师一直是我的梦想。这个工作很有意义，也很挑战，能改变一个人的命运，给予信心和鼓励，非常了不起！以前看日剧《麻辣教师》，后来看电影《死亡诗社》，热泪盈眶。留在香港也好，我不想回大陆当老师，大陆在待遇方面我不满意。所以十年后我肯定还在香港，已经成为了一名资深的英文老师。"

"香港言论自由，我才真正开始接触了政治。"

"这里的生活无法想象没有朋友。双休日我一定会出门玩，日常买菜去大埔，一站式购物去沙田，看电影去九龙塘，跑远一点就逛铜锣湾，偶尔公园爬山。香港什么都好，唯一不好的是找不到男朋友，大学没谈过恋爱，说出去也不好意思，我很想谈一次恋爱。在教育学院，女生多，九比一，还有一尊菩萨像！唉……"

—

香港，从尖东到尖沙咀，需要步行一段漫长的地下通道。我们一边走，她一边说她的故事。

/131

北京 / 白领 / 23 岁

NAME **吴挺挺**

"接下去的很多年，我看到一个画面，我西装革履，在公司开会、布置任务、四处出差。我的梦想是有一天辞职，开一家小店，做我喜欢的事情。"

"来到北京第五年，这里永远有演唱会，永远有你不知道的活动，那么多人进来，那么多人在努力，不努力你就会焦虑。爸爸妈妈希望我回老家，待在他们身边，但是也希望我混得好，他们很矛盾。有的人，年轻的时候在大城市闯，想着以后老了回家乡，但是我猜他们年纪大了，不一定回得去。"

"无论如何，保持善良，多回家吃饭。"

—

他报名的邮件是直接将简历发给我。

名校毕业，浙江人，去台湾做交换生，新加坡实习，此刻在一家厉害的外资企业任职。

当他出现在咖啡馆，与我面对面，第一印象，优秀得让人感觉舒服。

不但如此，他还是一个有趣的人。

脱下西装，走出办公室，他曾经一路骑车，抵达拉萨。

Beijing
White collar
23Y

我只想成为英雄背后的普通人　　**219**

他没有和父母提过骑车去西藏的意图。上路之后，有一天，母亲正在洗白菜，准备做晚饭，突然接到他的电话，他坦白了骑车这件事。震惊和无奈之下，父母只能接受，天天晚上给他打电话。

他的西藏之旅，哭过两次。

一次，他骑到偏僻山区，一整晚没信号，终于天亮时电话能打出去，母亲哭着接电话，他也哭了。另外一次，第一眼见到拉萨，他哭了，"路途其实不浪漫，甚至无聊，很多次我想摔下自行车回家。那天，拉萨一点点出现在眼前，我忍不住哭了。彩色经幡随风飘扬，我不能相信旅途结束了。"

"以后有了孩子，我会给足够的经费，骑不动，搭车吧！安全就好，不丢人的。你不属于自己一个人，还属于爸妈。"

骑行结束，他穿上西装，回去上班。

/132

西安 / 大学生 / 19 岁

NAME **杨曼琳**

"我的梦想是由初中喜欢的一个男孩启蒙的。那时候，我经常和他一起踢球，我们是好哥们，有一天他突然说要移民，我爱屋及乌，开始对美国感兴趣。后来，我深入了解美国的教育体系，发现真的很适合我。当然，现在我不喜欢他了，但是他留给我关于美国的梦想。"

"十年后，我有信心，已经去美国留过学，在一家不错的企业工作。我还是我，牛仔裤配运动鞋，除非迫不得已，提着高跟鞋出席活动。大学生活我唯一喜欢的部分是拥有了七个最好的好朋友，我确定十年后我们都还是好朋友。妈妈为了我很多东西舍不得买，我希望以后等我赚钱了，妈妈看到喜欢的东西不用考虑，立刻买下来。"

—

为了美国梦，她独自去香港，参加美国大学入学考试。

大二这一年，机会来了，一所大学发来邀请函，但是没有奖学金。

梦想来敲门，她放弃了，不想用父母的钱。

"我的美国梦，就像很多人的现实写照，不是如愿以偿，而是阴差阳错。"

Xi'an
College student
19Y

133

大连 / 经济系学生 / 21 岁

NAME 孙冬白

Dalian
Economics student
21Y

"小时候的我特别不喜欢弹钢琴，被妈妈逼着弹到十级，她说，'你不弹，买了那么贵的琴，你就跪着。'然后我只能跪着练琴。高二那年，拿到十级证书，为了准备高考，我再也没有时间弹琴了，那时候才开始爱上钢琴。因此，以后我也会很严厉，逼着孩子弹琴。我喜欢那种感觉，专注在琴键上，不为了什么目的，心里什么都不想，但整个人都是满的。"

"十年后，我会每天穿着连衣裙上班下班，回到家，女儿给我拿拖鞋，家里有一架漂亮的钢琴。爸爸妈妈一辈子都在国企工作，我觉得他们不快乐，所以未来我会去外企的市场部门工作。"

—

"我叫冬白。冬天的冬，白天的白。"
这是她的自我介绍。

我在海边等她。
那天雾很大，小船在海风中摇晃，大海的味道扑鼻而来，充满自由与冒险的隐喻。
她说："高三的时候，晚上复习不下去，压力大，我会一个人坐在海边，吹海风，听海浪，人会平静下来，什么都不是事儿了，早晨还会在海边背单词。我刚从英国交换回来，觉得大连和苏格兰很像。"除了去英国交换，通过 AIESEC（国际经济学商学学生联合会）组织，她还在印度实习过。

在她家，我们一起做饭。

大海在不远处，竹篮里晒着玫瑰花瓣，另一筐是辣椒。院子里整齐地种着野菜，碗里是海边捡来的新鲜海草，外卖盒里是从隔壁小餐厅打包的紫菜包饭。

134

西安 / 毕业生 / 22岁

"我只想毕业了回老家，找份安稳的工作，陪我妈。"

Xi'an
Graduate
22Y

—

他说完，抿住嘴唇，仿佛下定决心。
今年夏天，他爸爸查出癌症晚期⋯⋯

/135

北京 / 毕业生 / 22 岁

NAME **盛隐瞳**

Beijing
Graduate
22Y

"在我们'大学生旅行'的圈子，把整个中国走完的神人太多了，所以不稀罕了。我的大学生活基本没有生活，都在逃课旅行，放学放假我还是在旅行，一年有一个月的时间在学校已经不错。很失败的，班级里很多人我都叫不上名字。如果重来一次，我会参加一些社团，以前不屑，其实是我不敢承认自己没能力吧。但是，大学在外面跑，才塑造了现在的自己，如果大学过得很正常，我肯定活在抑郁中。我现在很快乐，因为看到过不同的事情。"

"我不喜欢面对一样的东西，我希望面对丰富。我的梦想是生活上一个档次，在新西兰买个牧场，给好朋友们股份，帮我一起挤牛奶。"

—

大瞳自称"北大边缘人"，正在考研复习，住在北大的燕南园宿舍。

夜晚，我和她挤在一张宿舍床上。她向我介绍身边的神奇室友，譬如，一位女博士，由于缺乏安全感，每天裹着棉被去上课。

第一次见到大瞳，我正在黑河采访，她邀请我

我只想成为英雄背后的普通人　　**225**

来到附近的一座县城——孙吴。

查看火车班次，我问她，从火车站去你家远吗？

她回复，"你来了就知道，站在孙吴火车站，一眼望下去，就可以看到县城尽头。"

"孙吴县是一个安逸的地方，人们彼此认识，想要搜一个人出来，通过关系网，很容易找到，也因为关系网，很多事情做不开。"

在她的介绍下，我认识了一群在孙吴长大的年轻人。

我发现，这里的年轻人渴望倾诉，渴望与外界取得联系。

"从小，我没有家的归属感。爸妈给我的家，我想要离开。坚持做自己很累，但是除了坚持自己，我不知道还要做什么，难道要坚持做别人吗？现在妈妈岁数大了，身体也不好，我就不知道了，心里想着走一步看一步吧。"

/136

迪拜 / 空姐 / 25岁 / 工作第三年

Dubai
Flight Attendant
25Y
Work third years

"和我同一时期进入公司的中国女孩,优秀得令我惭愧,有香港卫视的国际记者,有名校的硕士,也有在非洲担任两年翻译的中国男孩。我们的同事来自全世界130多个国家,他们中间有美国在读物理研究生因为学费不够来阿航做空乘攒钱的,有放弃保加利亚律师工作来阿航做空乘的,有为了女友努力考到阿航的韩国帅哥,有之前是牙医来阿航体验环球旅行的,有牛津毕业取得商业飞行执照的,也有完全不会英文高中毕业的波兰姑娘,通过努力学英文终于考进阿航的,还有阿根廷的选美亚军……我们的工作是由迪拜飞往世界各地,有时候,最忙碌的一个星期也许星期一还在芝加哥,星期三出现在非洲毛里求斯,第七天出现在意大利米兰,然后拖着行李回到迪拜的公寓。"

"大学期间,我读新闻专业。毕业后,我在中东另一家航空公司工作。第二年,父亲生病,我不得不辞职,回老家陪伴左右。在家里的每一天我都非常想念空姐这份工作,想念飞来飞去的日子。于是在瞒着家人的情况下,我再次出发,来到迪拜。现在,爸爸完全不知道这件事,他以为我在上海工作。"

"空乘这份工作,没有业绩压力,更不用抢客人,下飞机后的时间都是自己的,国内朋友都很羡慕我,

我只想成为英雄背后的普通人　　**227**

这份工作可以存钱，又可以开眼界。但是，即使再喜欢，空姐也不是一个长期的事业。很累，出发前，面对满仓乘客会心情沉重。飞来飞去对身体不好，人会健忘；个人问题也受到影响，女孩子基本上都是单身。现在我 25 岁，准备再做三年。其实飞来飞去每个月过得很快，加上健忘，三年应该一眨眼的事吧。接下去的打算，未来如果还是放不下这份工作，一些航空公司有固定航线，可以经常回家。我们有一个同事，她在美国拿了注册会计师资格证，精通日语，辞职后回国开办空姐培训机构。还有一个空姐喜欢写作，回国后出书了。"

"爸爸妈妈没有因为我经济独立，并且去了那么多地方而为我骄傲，爸爸一直不承认空姐这份工作。他们不在乎我做什么，在身边就行。爸妈很羡慕那些孩子在身边的家庭，一家人团聚，一份平凡的工作，钱够用就行。我一个人在外面，离得远，他们不开心。"

"当空姐的这些年，我飞遍了世界，说来奇怪，最令我怀念的旅行却是和男朋友在成都逛动物园，看大熊猫。和他在一起很幸福，他和我分开了，不能接受我总是飞来飞去。我们在一起很久，他因为我的工作和我争吵了很多次，他认为我这个工作并不怎么样。"

"我非常喜欢一个状态——飞机落地，完成所有任务，班车来接我们，从机场到酒店沿途的风景，每个地方都不一样。飞到格拉斯哥，我看见苏格兰古堡；飞到塞舌尔，我看见都是鲜花的海岛；飞到里昂，周围是护城河，天空透明。那种心情很难描述，什么烦恼都不再去想了。"

和她约见面的日期，来来回回，沟通了很多次。

她一直在飞行，隔天回复我的消息。她的日程不定，每个月的月底才知道下个月的飞行任务。因此，当我拿到阿联酋签证，直接订机票前往迪拜，停留一星期。

见面前，她将我正在做的"交换梦想"介绍给同样在迪拜的中国空姐们。

大家很热情，纷纷与我取得联系。

入住前，她询问我护照等个人信息，填报表格，得到公司允许，我住在她的公寓。

她体贴细腻，我来到中东前，给我发来长长的提示，告诉我需要带的衣物，以及当地风俗。

她只有两天的休假，剩余时间仍需飞行，将我安排住在另一位中国籍的空姐家中。

她告诉我，在迪拜，如果见到非中东本地模样的年轻人，不是来旅游的，长得非常漂亮，很可能是空姐。公司扩大业务，目前，大概有两万名来自世界各地的年轻人在这里生活。

和她相处，我感受到自己被温柔照顾着，她随时关切地问我，是否饿了、渴了、冷了。

她喜欢涂口红。说话声音缓缓的，温柔的。长发披肩，身上一股香香的洗发水味道。手很软，时常涂护手霜。她拥有一切女生的细腻特质。

她在减肥，和她相处的日子，我发现她只吃午饭。

深夜，在机场，我们坐员工巴士回公寓。

刚下班的外国空姐们上车，一个个好似电影明星，口红鲜艳，美丽动人。在迪拜，形形色色的漂亮女孩都能见到。不同身材，不同口音，不同学历，不同梦想。她们疲惫地坐着，身体倚靠着窗，一律同样的动作：拿出手机，开机，神情落寞，微弱灯光照亮了一张张美丽的脸庞。

NAME　**刘思宇**

Beijing & Panjin

Drift

23Y

"我一直觉得，人不一定要结婚也不一定要生孩子才算完整，那么多种的人生，凭什么一定要走大家都走的那条路才行呢？我只喜欢一种人，没觉得一定要是男生，也没一定要喜欢女生。我最大的愿望就是以后的以后，我喜欢的人还喜欢我，我爱的人还爱我，不单单是爱情。"

"我的梦想是慢慢长大，做个一边靠谱一边幼稚的中年人。我喜欢坐火车到处跑，吃土豆丝，给狗洗澡，打排球晒黑，五月天，和朋友们在一起，夏天早晨五点半的太阳，大海，芬兰，走路，写明信片，跟广场爷爷奶奶叔叔阿姨学跳舞，做饭，吃火锅。对了，我还喜欢做志愿者，我脸上就有'志愿者'三个字，不要钱，免费的。"

"每天无论多晚入睡，我总是五点半准时起床，跑步，买早餐。五点、六点和十二点，你看到的风景很不一样，早晨的爷爷奶奶买完菜，他们满足的样子令人幸福，清洁工人在扫地，砌砖的人在认真干活。"

—

第一次见面，在北京。

她性格像个男孩，声音嘹亮，性格爽朗，衣着休闲，凌乱短发。

我们进行交换梦想，她带我一起上班。她在北京一家专为外国人提供搬家服务的机构工作。

那天，进入外交公寓，服务的客人是一对华裔夫妇，屋内一整排一整排价值连城的古董。她和夫妇接洽，夫妇叮嘱，工作人员打包紫砂壶时务必小心，有特殊的打包程序。

她严肃认真地记录，然后转过身，朝我做了个鬼脸。

"不小心碰碎一个，大概只能以命相抵！"

在北京工作，她和其他北漂的生活有些不同，搬家公司提供住宿，提供水电，提供员工制服。平日也无须交通开销，她出门，坐公司的搬运卡车。

这份工作给她带来满足感。刚工作不久，给一位美国使馆的老爷爷搬家，任务完成，需要客人填写回馈单，1-10评分，老爷爷在每一个10的旁边都写了11，"他认同了我的工作。"

也有遇到委屈的时候，她一个人跑进厕所，抱着马桶痛哭。

"北京很美好。每次从家过来，火车到达北京站，我明显感觉不是来旅游的；坐在公司的搬运车上，想着回宿舍刷牙睡觉，这里已经是我的家。"

2
CHAPTER

那些有梦的年轻人

1

"我不会辞职,
那些顶尖的人随时可以退后一步,
可我一直是个普通人,
瞻前顾后,
经常有生存危机。"

——上海 / 国企职员 / 25 岁

———

Shanghai

Staff of state owned enterprises

25Y

———

他的社交网站个人页面上从来不提私事，几十条状态都是一张张他与名人的合照。

一个工作日，夜晚七点整，我们约在上海虹口足球场的小林 house 咖啡吧。他下班后直接过去，给我发信息，"我坐在窗口，穿紫红色衬衫。"

见面前，我问，能否选两张照片说说故事。他爽快答应。

一见面他直奔主题，拿出手机，相册里翻一遍，递给我，"这个人你应该认识。"照片中，打扮隆重的男人是上海电视台节目主持人程雷。

"你去程雷的婚宴了？"

"是的。"

"怎么做到的？"

"我在银行工作，客户有这样的人脉。"

90 年代，那个只有电视机的童年时代，每个星期天夜晚，他守在电视机前看《智力大冲浪》。"当年，任何人上电视都容易造成轰动，一个简单理由就可以喜欢，大家还很单纯。没有网络，一家人坐在一起看电视。"

"难得见到平行世界的那些人，所以我好奇他们的生活。"趁着拍照的间隙，他向程雷提问：在彼此抄袭和模仿的媒体环境，如何拥有一直不断的创新力？

"程雷说，被模仿只是表象，每个人都不是完全可以被照抄的。说的话可以被重复，综艺节目的桥段可以成为套路，但持续的创新不会被模仿，也就是说，我不在乎你窃取我的一个点子，因为你不会像我一样——作为一个独一无二的整体带给人的独一无二的文化感受。"

"那么短的时间，他可以说得那么深刻？"我问。

"当然不全是他说的，这是他的答案加上我的理解。"他说。

他翻出另一张照片，他和足球运动员范志毅的合照。

"市场经济刚开始，范志毅每天骑着助动车去体育场，有一天他的助动车被偷了，心情不好，不肯训练。现在想想觉得有趣，我和我爸还连着几次看见他在江湾体育场边上停助动车。"

"这张照片是在休息室拍的，当时他急着去抽烟，我一直在观察，没有时间提问。"

"从江湾时代到虹口时代，我追的不是申花，而是过去的自己，那个跟着爸爸一起看球的自己。现在去找一件和二十年前一样的兴趣爱好、一样在做的事情，很多已经找不到了，回不去了。"

为什么想找这些名人拍照？

"这些人都是 90 年代对我来说重要的人，那个不用一直盯着手机的年代。工作以后，我发现资本市场没有纯粹的东西，无利则不聚。可是 90 年代，那时候可以为了很简单的事情笑得好开心。"

他是上海人，说话的口音有一股南方味。

"大学考砸了，去了海南大学，调剂到法律专业。毕业后回到上海，我在一家国企银行上班。很多人大学读的是一个专业，毕业后从事的又是另一个不相关的行业，这种情况太普遍了。"

他希望我保密他的其他个人资料。

即使朋友圈发表评论，他也总会小心翼翼地添加一句，"手机中毒，不为以上言论负责"。

银行内部组织员工活动，去苏州划龙舟。一个浪袭来，领导的衣服湿了，他从书包取出一件早已准备的干净上衣，递过去的同时又拿出吹风机。

后来，领导会议上夸他做事细致。

"在银行工作有资源上的优势，如果交际能力强，你就容易得到认可。虽然有时候很无奈，你做得再好，领导也只会帮自己的亲戚，所以我会把很多事情理解透，扮演成任何人需要的模样，这是生存能力，也可以说是虚伪。我不同意每个人都做最真实的自我，适当向生活妥协，磨平棱角，这也是一种智慧，因为你关注到了我，我才有机会在芸芸众生之中不一样了。想要得到影响力，光有本事还不够，没有人给你机会，你又怎么证明你是对的呢？"

"我不会辞职，那些顶尖的人随时可以退后一步，可我一直是个普通人，瞻前顾后，经常有生存危机。"

6

怎样可以做到言不由衷，却不改变自己？

"我让自己去做那些比较做作的事情时，会把这一切看作在玩 cosplay，如果今天我要当个小人，我就会入戏，去拍老板马屁。我会选择我的不同模式，有时候去演一个懦弱的人，也有时候去演一个不讲道理的人。反正都是演戏，所以我不会沉沦。

我会礼貌地对不喜欢的人笑，礼貌的作用就是拉开距离。"

在领导面前受了委屈怎么办？

"我会以搞笑的方式面对领导，他说我不好，我首先微笑，微笑可以解决很多问题，尤其在不知道说什么的时候。然后厚着脸皮说以后会注意，下次改进。这可能是我比较强大的地方，很多我们同龄人在办公室都哭过，但我从来没有。领导对我说，你严肃一点，别笑。我就说，我天生这样，脑子笨，人也烂。说完了这话，领导当然也需要给自己一个台阶下，就会说，我要看你接下去的表现。"

可是，如果的确是领导错了呢？

"我越长大，就越发现这世界很难非黑即白，大多时候只有灰色。看淡吧！很多事情是没有对错的。比如领导安排你一个任务，找装修队，你明明知道 A 公司比 B 公司做事效率更高、收费更低，可领导说你错了，必须找 B 公司承包。这时候就不要和领导较劲了，难道领导会明着告诉你 B 公司是他亲戚开的吗！？他为什么要和你说明白，你有资格知道吗？很多决策有很多的机密，你没有资格知道，但你要猜到。如果你还坚持选择 A，你这是想要揭穿领导是白痴吗？"

所以无须解释，默默接受？

"很多事情虚无缥缈，你自己觉得重要而已，公司不是你的，况且你哪来的自信一定是对的？天妒英才，人也嫉妒。如果领导想要整你，他不会用虚无缥缈和你扯皮，更不会摆明了说看你不爽，他要让你百口莫辩，尤其在不该辩解的时候辩解。"

总要有个出口吧？

"面对那样的领导，我愿意在他手底下磨炼，我想经历一些挫折，我会跳得更高。气量大一些，笑一笑，事情也就过去了。这个世界不会在意你的辩解，你永远叫不醒一个假装睡觉的人。对方不想听，那你为什么继续说；如果他听得懂，不需要说，

也就是说，没有正义感才能在这世界生存？

"可以保持正义感，因为有个杀手锏，那就是——无所谓。我没有一丝一毫对你的恐惧，我不是怕你，而是根本不在乎你，况且我不是非常在乎每个月领的工资，你要扣钱，我不在乎钱，你拿我怎么办，我不和你计较这些，这就是我的精神胜利法。"

不是领导，而是被别人指责呢？

"任何人指责你，你都要保持谦逊态度，尤其别人针对你的时候，如果你也咄咄逼人，第三方眼里会觉得你气量小。当我有理的时候，我不屑于解释，因为解释很累。胜利者是不需要向失败者解释任何东西的，只需要向这个世界通知一声——我赢了。"

那如果忍不住想要解释呢？

"解释的时候也要姿态优雅，缓缓地讲。不要慌张，一急，思路就乱，更加讲不过对方，有道理也说不下去。和一个人辩论，最好的招数就是打乱他思想，羞辱他，他被激怒了，情绪就会被你所控制。当你控制了一个人的情绪，那个人已经输了。的确，这一招城府深，所以不要被那些很贱的人控制。急于辩解，急于表达，这会害了你。当你理性、优雅、本身有理，就不怕说不清楚。"

"当一个人羡慕嫉妒、用心险恶的时候，就被我从对手名单中删除了，配得上才叫对手，惺惺相惜；旁观者呢，我不在乎他们；如果是我的朋友，我不介意他们怎么看我，因为我不容易相信人，所以朋友没几个。总之，遇到这些事情，微笑就可以了。"

最后他补充了一句：

"真的不介意吗？当然很难。被世界伤害的时候，我有精神胜利法，在我幻想的世界里面，我是无所不能的。"

"我曾经渴望外面的世界，离开家出去读大学，却发现没有外面的世界。真相是，很多人没有条件去很多地方，也没有条件经历很多故事，但是某种心境是相互呼应的。"

"我那么悲观地看这个社会，不过是为了到最后不至于输得太惨。用礼貌拉开距离，用微笑不语面对质疑。"

"我的梦想是成为一个不平凡的人。我很平凡，我不愿意承认，但是不得不承认，我是一个普通人，资质很平庸。"

我们沿着虹口足球场的台阶走到马路边。

这个有趣的国企职员，消失在地铁入口处。

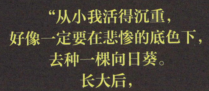

"从小我活得沉重，
好像一定要在悲惨的底色下，
去种一棵向日葵。
长大后，
我发现很多的中国家庭都是这样，
中国女人过着孩子和丈夫的日子，
我们家是中国社会问题的缩影。"

——广州 / 公务员 / 27 岁

———

Guangzhou
Public servant
27Y

———

2

1

　　她绝望地写了一封邮件给我，没有留下姓名和联系方式。信里，她提到在广州工作，我回复，询问她可否见面。她答应了。她要求匿名，因此我没有询问她的任何信息。

　　就这样，从一开始我便不知如何称呼这位故事的主人。

　　见面那天，她提前四十分钟到了。一个戴眼镜的年轻女人，镜片很厚，脸色憔悴，随意扎了马尾，几缕碎发散落额头。她茫然地站在咖啡馆收银台附近。她穿灰色上衣，瘦得锁骨突起，领口很大，露出背心和内衣的肉色肩带，她并不知觉。

2

　　"我是一名公务员。一直以来，我活着的目标是安抚母亲的情绪。"

　　她开始说她的故事，语速很快。

　　农村长大，她的父母是农民，如今村庄被归入青岛的城中村。

　　她还小的时候，有一次，父亲去赶集，回来后在路边下象棋，忘记买化肥，傍晚买了商店的化肥，多花五元钱，母亲知道后，与他吵架，饭桌上动手，打起架来。

　　像这样的争执，家里很常见。每当父母闹矛盾，她会祈祷，"上帝你惩罚一下我，让我肚子疼，他们就不吵了。"

　　吵得最凶的时候，父亲命令母亲离开家，放出狠话，"我和两个女儿照样可以过日子，她们长大了会给我做饭洗衣服。"她向我解释，这在农村很常见，女孩没有嫁人，给父兄做家务；嫁了人，给丈夫做家务。她读冰心回忆母亲的文章，记忆深刻：冰心外婆去世，冰心的母亲早晨在外婆身边流了两滴眼泪，转身，洗衣做饭忙碌，连悲伤的时间都没有。

外公思想保守，重男轻女，加上"文革"耽误，母亲因此没有继续念书。

外婆是个缠脚女人，不能去生产队干活，家里一切由外公做主，外婆在母亲17岁那年去世。

小学的时候，母亲成绩好，成为班干部。可惜，"文革"之后，外公不让母亲参加中考补习班，催促她赶快为舅舅盖房子。在乡下，男人只有盖了房才能找到老婆，母亲不得不答应，为此一直耿耿于怀没有继续念书这件事。

"家庭把她性格变坏了，容易抱怨，容易爆炸。一点点的不满意就要发泄出来。"外公为母亲找了一个农民，老实本分。在保守的外公眼里，这才是一个好姑娘该嫁的男人。

这些年来，母亲不停地督促两个女儿读书，找份好工作，将来不做农民，她赌上了所有的期待。

"嫁人之前，母亲天真地以为和奶奶的关系会好过母女关系。母亲想和丈夫一起致富。有了女儿，她希望女儿出人头地。结果所有都没有实现，她内心缺少很多东西。"

她说着说着，摘下了眼镜，揉揉双眼，她告诉我，最近眼睛发痒，总是干涩。

每每提到母亲，语气平静，但是两行浅浅的泪水从眼角滑落。

考上研究生那年，妹妹也考上了大学，不久，妹妹发病。"以前也有轻微症状，但是我在外面读书，母亲在更年期，妹妹又住校，没有当回事，加上进了大学，妹妹不会照顾自己，病发作了。"恰逢过年，母亲认为一定会好，农村人传统，一定要妹妹出院回家过年。过完年，发现病情加重，母亲固执地相信没那么严重，找了老中医。

　　大学规定休学只能一年，为了看病，妹妹被迫退学。长期的药物作用下，妹妹大脑受到影响，反应迟钝，整天病快快。

　　妹妹今年23周岁，到了农村最晚的结婚年纪，"乡下结婚在乎门当户对，看女孩相貌、身体、健康、工作、家庭，我们担心妹妹会嫁不出去。"

　　她想为妹妹办残疾证，申请理由为生病导致的生理受损。每个月200元的补贴，政府会提供一些药，"药性比起自己掏钱买的会差一点，副作用多一点。"母亲没有同意，残疾人在农村社会想嫁出去更艰难。就算不告诉别人，办了证，经常有人来家里定期查看，乡村社会的流言散布很快。

5

　　她问母亲为什么不离开父亲，选择离婚。

　　母亲说，的确想离婚，但不巧怀了她。

　　6岁，她渐渐认定，她的出生使母亲受苦，委身父亲。一颗种子在她心里彻底萌芽：她有责任让母亲过得好，必须好好读书，进入名牌大学，找一份不错的工作。

　　"一辈子看到老，一劳永逸，永远不会失业，永远能够养家，永远不会饿肚子。我从来没有'我就是喜欢'这种不顾一切的感觉，别人要说走就走的旅行、轰轰烈烈的恋爱，我都不感兴趣，我一定要有结果，要有一个最低生活保障。"

　　她顺利通过广州公务员考试，收到录取通知书。

　　"这份工作看到头了，只要不犯政治性错误，可以一直做下去。"

　　母亲没有去过广州，觉得广州不好，坚决反对，日夜念叨，不满足于她离家太远，并且焦虑她嫁不出去。

　　现在是她入职的第三年，负责办公室日常工作和档案管理。"我在乎稳定。我没有考虑过自己，也不知道该怎么考虑自己，因为我只想解决眼前家里的现实问题。"

我不认真工作，领导也炒不掉我。在私营企业申请休假，如果生意忙，老板不会批准假期，但因为是公务员，反正我不要晋升，领导只能放我回家。"

"机关就是一个混日子的地方。公务员的人际关系简单，我不喜欢领导就可以不喜欢，他不可能开掉我，大不了我晋升慢一点，至少到了退休年纪，资历足够升个处级干部。如果想开了，厚脸皮，同辈可能说些坏话，有得有失，不去打拼，不去理睬，但至少能确保日子安稳。"

去年家里重修房子，母亲崩溃，原本姑父帮着母亲筹划，但是帮到一半，他扔下工程跑了，去做自己的生意。母亲什么都不懂，看见父亲坐在那不说话，骂他不像个男人，不会做事，父亲更是两手挥挥，什么都不管。

火冒三丈的时候，母亲给她打电话，她正准备开导母亲，还没开口，电话那头竟是凶狠的咒骂，"我恨你们三个人，最恨你，你妹和你爸不争气，我好歹可以每天看到，你呢，离得那么远！"

她哭了，眼泪流个不停。

"母亲希望我离家近，我就回去吧，照顾着也方便，消费低。"

再一次找工作的时候，她感受到南北差异。

"在中国，越往北就越保守。山东很讲关系，不像南方那么容易找工作，选择范围也小得可怜，不是公务员就是国企职员，不然就是去事业单位，很少像是南方那么多去做生意的，就算想在北方做生意也要有关系。往北走，工资水平都比较低，比如山东，体制内外基本上都是三四千的水平。而且回去了，按我这个年纪，再出来就很难。"

通过舅舅疏通关系，从一个不熟的亲戚送礼到另一个不熟的亲戚的亲戚，一家济南的国企给了她工作机会，正式职工，编制内。

"老板喜欢我，我是学法律的，有经济学双学位，英文比较好，加上我是山东本地人，吃定了我要回去。我很为难，必须答应，舅舅拜托了那么多人，拒绝的话，我就得罪他了，而且舅舅的儿子正好在人力资源部上班。"

"这个公司很难进去，基本上都是有关系的二代，你要珍惜这个机会。"一个济南的大姐告诉她，"要乐观，想一想国企的改革，未来一片光明。"

她对"逃离北上广"的这群人很认同，"我抗拒北上广。人那么多，那么堵，那么艰难。在大城市赚一万多块钱的工资，扣掉税收，扣掉房租，只剩下一半。我那么努力，那么折腾，最后不过是为了成为一个平凡的普通人。"

"我没有信心我可以在广州过得好，我的收入不高，供不起房，不啃老已经很不错了。就算能去香港，就算能出国工作，世俗眼光认可下我是不错的，但是在我老家的人眼里，我帮不上他们任何人的任何事情，这就是没出息。我和家乡是断裂的。"

以前，她认为名校毕业、研究生高学历、在最好的单位上班，这可以解决家里所有问题。现在做到了，她却感到失望，母亲对于她的期待不过是比乡下女孩好一点就可以，当别人都去做流水线的时候，她在办公室当文书类管理层，做统计、秘书，或者会计。村子里，和她同年进学校的女孩大多是大专文凭，找个工厂打工，好一点的托关系去银行或医院，早早地嫁人生子，"没有多少的出路，一辈子就过去了。"

"北方的农村相比南方的农村更加原始。"

高中住校，她发现身边许多同学是一样的经历——父母为了孩子才勉强在一起，每天吵架打架。

在北京读本科和研究生期间，她发现保守农村存在的夫妻问题原来在大城市也有。

"很多人的父母基本没有交流，年纪越大就越不说话。"

无论如何，她是不婚主义者。每当父母打架，她就幻想未来不结婚，四个单身女子合作，不同职业，教师、农民、裁缝、医生，独立自由，收养两个小孩。

"我不想结婚。我从来没有真正喜欢过一个人，再也从来没有真正谈过恋爱，所以我不会辨别好男人和坏男人。到了现在这个年纪很难好好恋爱，根本没有机会学习这门技能。"

母亲完全不能接受，难得说了父亲的好话，"她说，你爸只是不会说话，不会赚钱。虽然不花心思对别人好，但他也舍不得吃穿，老实本分。乡下这样的情况很多，大家只是不离婚罢了，关起门来打架。"

"很小很闭塞的地方的人，很难知道世界的多样性。"

她上豆瓣网，找到共鸣，"我和北上广深打拼的 Lydia、Angela、Sophia、Christina、Bella 一样，一回老家，就回到原来的生活。Angela 回到铁岭，又被逼婚，我们个人不能脱离原来的社会，我也不希望母亲被大家说三道四，我人在大城市，但也要过符合农村期待的生活。"

9

"我从来没有真正为自己活过，一直把所有精力放在读书和找工作上，逼着自己尽力做好这两件事。我不能理解怎么做自己，不能理解什么是奋不顾身的快乐。"

"从小我活得沉重，好像一定要在悲惨的底色下，去种一棵向日葵。长大后，我发现很多的中国家庭都是这样，中国女人过着孩子和丈夫的日子，我们家是中国社会问题的缩影。"

如今母亲看淡，准备什么都不管，安稳地住在重修过的房子度过晚年，急着将两个女儿嫁出去。对于父亲，母亲渐渐听之任之。父亲最近去医院，由于不会表达哪个部位疼痛，医生不当回事，开一样的药，父亲吃了不见疗效，母亲不再像以前骂他没用，不再陪着去医院。

"九几年的时候，社保没有对自由职业者开放，母亲当时买了商业保险，后来49岁，一次补上社保；父亲进入公司工作，也有了社保，他们每年还能拿计划生育奖励。只要不生大病，生活无忧，如果我不供房子，我的工资可以成为爸妈的大病医疗基金，但是我觉得有房子才有安全感。"

"认真读书，找一份好工作，以前的目标明确，容易做到。长大了，职业、婚姻、家庭，很多要取决于别人的事情，好复杂，这个社会像饿狼一样向我扑来。"

她说完了她的故事，戴上眼镜。

走出咖啡馆，广州街头下起小雨，我陪她去公交车站。

她坐车，回到荔湾区，广州的西边。

3

**"我希望可以过忙起来的生活，
有勇气辞职，
做一些有意义的事情。"**

——

"不幸福，日子就这么混着，日复一日，年复一年，没什么事情，也没什么意义，说来说去，一个字——混。"他是哈尔滨的一名年轻城管，他说，由于工作性质特殊，害怕言多必失，因此点到即止。

"我每天早上八点起床，到单位上网。中午吃了饭，打扑克，下午三点下班，回家上网。很多人羡慕我，但是真的过这样的生活，感觉就会不一样。我有一个朋友，贵州人，旅游时认识的，也是城管。那朋友辞职了，他也劝我辞职。我放不下，家里压力大。"

"我希望可以过忙起来的生活，有勇气辞职，做一些有意义的事情。比如，探望山区的孩子。十年后，希望那时候我已经辞职，成功放下这些负担。我过得太压抑，希望爸妈可以改变想法，不要总把他们认为好的东西强加在我身上。"

说完，他那圆胖的脸上，表情痛苦。

——

4

"我的梦想是找到梦想。"

——

他 22 岁，即将毕业。

"有时候觉得自己很失败，可是和同龄人相比，却又不算最差的。"

"实习的经历让我失望，公司虽然厉害，身边一起实习的人清一色来自北大、清华，可是我们做的事情都一样——翻译资料。夜晚大巴车接送的时候，我总在想，一车子的优秀人才，可惜就这样被浪费了。以前除了实习，我的目标是出国留学，但是我发现很多人留学后回国也不过如此，和我拿差不多的工资，甚至有的人找不到工作。我想，花那么多钱，还不如不出国。"

"这些年，信念一个个崩塌。我不怕死，但是我怕没有找到可以为之去死的事情。我的梦想是找到梦想。我很抑郁，晚上睡不着。我害怕 30 岁醒来，看着身边的女人，看着我的大房子，看着昂贵的西装皮鞋，突然找不到意义，然后打开窗跳下去。人就活那么一次，不能没有目标，我怎么找不到！"

——

5

**"我的梦想是开一家独立书店，
寄托灵魂，
过散漫悠闲的生活。"**

———

"毕业后，我成为一名建材公司的业务员。老板天天找我谈话洗脑，这两天我逃了，装作生病。我不喜欢上班——早起晚归，回家吃了饭已经晚上九点，思考太少，每天太累，想读的书没时间看，睡醒起床又要去上班。活得匆忙，脑袋空空，我想停下来，想一想自己的事情，人生太短暂了，你不好好过，真的就没了。"

"我的梦想是开一家独立书店，寄托灵魂，过散漫悠闲的生活。不赚钱，倒闭也没关系，至少实现过。希望每个来我书店的人可以停下来，也想一想自己的事情。还有，我想给爸爸在海边买房子，因为他气管不好。"

———

6

**"我的梦想是用十年的时间做到前厅部经理，
不能丢掉正直和善良。"**

———

"大学毕业，工作一年零六个月。我在一家五星级酒店工作，我是一名前台接待员，酒店地处北京最中心的王府井。一周七天，五天工作日，不定期休息，中班早班倒，很多客人以为我每个月工资没有8000至少也有6000，其实酒店最普通门市价住两天就高过我现在一整个月没有扣掉五险一金前的工资——2845元。"

"大学四年，我学习酒店管理。在大四，我顺应爸妈的意愿，考托福申请学校，拿到了offer。一切手续搞定，我突然改变主意，留下来进入酒店工作，我想在这条路上一直奋斗下去。"

"这一年零六个月，不计其数的加班，中午客人扎堆退房和办入住，经常吃不上饭。很累，晚上回家直接扑倒在床上，不卸妆，睡得不省人事。但是我越来越喜欢酒店行业，面对客人不再害怕，教出来的实习生都有模有样，我成为酒店第一季度最佳员工。毕业一年多，并肩奋战在各个酒店的大学同学早已纷纷辞职改行，爸妈电话的开场白永远都是，'有意思吗？别做了。'直到上个月，我申请后得到集团内部调动的机会，成为前台主管。爸爸挂电话的时候，他说：'机会不错，好好珍惜，努力用心继续做。'挂了电话，我哭了。"

　　"我想，梦想这个东西，在爸妈看来并不是什么事儿，他们只要看到我过得好就好。我的梦想是用十年的时间做到前厅部经理，不能丢掉正直和善良。"

———

**"我喜欢音乐，
我的梦想是去北京闯一闯。"**

——

他是一名大学辅导员，半汉族血统半藏族血统，英俊帅气。在西藏民族学院的食堂，他来找我，身穿棉布衬衫，牛仔裤，帆布鞋。我听说，学校里不少女学生给他写过情书，和他说话时脸红。

"我喜欢音乐，我的梦想是去北京闯一闯。有的人可能无法理解，为什么音乐现场会有人听得流泪，我懂那种深入内心的东西。14岁那年，我第一次弹吉他，然后组乐队。现在考公务员，留校成为辅导员，都只是为了向爸妈妥协。"

朋友投资3000元，为他录音后制作了第一张CD，女朋友设计封面，牛皮纸，全手工制作。所有的歌由他谱曲填词，"不能用言语诉说的，音乐会记录下每一种状态。"

——

"我的梦想是去拍我想拍的纪录片。"

———

"我的梦想是去拍我想拍的纪录片。身边有梦想的人一个个都跑去北京,留在老家的基本都在混日子。我很痛苦,找不到周围能产生共鸣的人。"

"夏天的时候,我去青海湖骑车环岛,因为我一直很害怕将来成为妈妈时,孩子问我很多问题,但是我没有经历,也没有眼界,那时候我不知道该怎么回答。"

"最近看《疯狂原始人》,电影里面,女孩想走出山洞,探究世界,爸爸却不断和她说,山洞里面最安全。这时候,有个人把女孩带走,说,我要带你一起去看外面的世界。我期待生命里也有这样的一个人出现。"

———

9

**"我有梦想，
我想开一家早教机构，
做学前教育。
我学历不高，
但是我也想教育好我的孩子。"**

———

她没有念过大学，和男朋友在惠州开办工厂，打拼未来，从事皮包加工工作。

"我和男朋友一起开工厂，不管遇到什么困难，我们两个人一起面对。说得不好听，倒闭了也没关系，我身边还有他。"

"当老板娘，生活不轻松，每天辛苦上班，没有节假日。我有梦想，我想开一家早教机构，做学前教育。我学历不高，但是我也想教育好我的孩子。"

———

10

**"我有个欧洲梦，
想去那里看看。"**

———

"我曾经在中国传媒大学读书。毕业后，身边的同学几乎没有回老家的，要么留在北京，要么去上海或者广州发展，要么出国深造。然而，我选择回到西宁，在老家上班。"

"一开始，我留在北京做销售，经常各地出差。我不适应，也不喜欢和人打交道，而且我的性格向往安逸，更喜欢家乡这样的小地方。决定回来之前，心里纠结，怕被人说是失败者。我的大学专业是广播电视工程，回到西宁，我进入青海电视台，编制内，做幕后技术，爸妈很开心我在身边，我也觉得挺好的，比北京过得更开心，最近我还开始相亲了。"

"我有个欧洲梦，想去那里看看。"

———

11

"我的梦想是成为一个让别人开心、
舒服的人。"

———

"爸爸妈妈很相爱。妈妈大大咧咧，傻里傻气的，爸爸感慨，家里至少有个女人吧！他们给我的家很温暖，所以我觉得没有什么低谷是过不去的。"

"我在北京读书，一直在说，毕业一定要离开北京。其实我只是不想承认北京很好，不想承认这里有家的感觉。上个月我去天津玩了两天，一回到北京，涌上一股家的感觉。我的家乡柳州，不像北京那么眼界开阔，但是有水的地方，人的心情会很好。"

"我很容易哭，但也很容易笑，又哭又笑的，感觉自己很厉害。"

"我的梦想是成为一个让别人开心、舒服的人。"

———

12

"我想建立自己的 NGO。"

———

被问到有什么梦想的时候，骆骆低下头，声音低低的。

"我的梦想不知道算不算梦想，这个梦想很小——我想建立自己的 NGO（非政府组织）。"

她今年 20 岁，来自甘肃天水。

"在学校，我参加 AIESEC，学习德语，现在又打算学习日语和西班牙语，因为我想经历更多的人生，想去看看这个世界不同地方的日落，但是，爸妈总想为我计划好一切，他们希望我回家，找个稳定的工作，成为老师，最后结婚生子。"

———

13

"我的大学专业是传媒，
这也是我的梦想。"

——

"凭借爱好赚钱，这在大学很普遍。我喜欢拍照，很多女同学愿意花钱找我约片。在我们的摄影圈子里，最成功的人不但靠拍照成名，还不用愁未来的出路，这些人已经退学，成立了工作室。也有人挺好玩的，带上相机，靠着给人拍照，赚钱的同时把中国玩了一圈。"

"我的大学专业是传媒，传媒是我的梦想——把世界转化为看得到的形式，然后呈现给大家。"

——

14

**"我想移民美国，
改变家庭环境，
把爸妈从乡下接出来。"**

———

　　"在模特圈子很常见，老板提出包养我们这些年轻女孩。曾经有个老板，愿意出价六十万一个月包下我。我没有做这样错误的决定，因为我不想靠别人，也不想用身体换钱。虽然我曾经犹豫过，六十万，在农村，我爸爸妈妈就算不睡觉做豆干，一辈子也挣不到那么多钱。有了这一笔钱，我能去法国留学了。可是，我明白对于一个23岁的女孩来说，六十万，来得太快，也来得太早了。我现在想得更明白，没有任何后悔，为了这点钱卖掉自己，不值得，因为我知道未来我会赚得更多，我的身价远远超过这个数字。将来如果我有女儿，我会富养她，我不会让她因为这些钱有一丁点犹豫。"

　　"我想移民美国，改变家庭环境，把爸妈从乡下接出来。"

　　山楂的出现颇具戏剧性。

　　她打电话给我，忘记带钱包，尴尬地坐在出租车里。车停在南锣鼓巷路口，等我去接她。

　　她即将从北京的大学毕业，去美国留学。

这个身高一米七八的女孩，来自黑龙江农村，父母每天凌晨起床做豆干，天亮了摆小摊在村口叫卖。大学期间，她曾在美国交换，研究生拿到法国一所不错的学校的录取通知书，由于没有奖学金，她不得不放弃。

　　"东北是一片黑土地，农村带给我淳朴和善良，还有坚强。在那里，你必须坚强。刚到北京，看见高楼大厦，我知道这里有很大的舞台，机会很多，可以实现梦想。我告诉自己，这四年我要抓住机会。于是我参加模特比赛，成为季军，一边读大学，一边做模特。我还记得第一次赚钱，那是一个冬天，我穿着连衣裙、高跟鞋，站在商店门口，冻得瑟瑟发抖，站了一整天，拿到 300 元。接触模特圈子，我看见了社会的复杂和现实。大四那年，我决定离开模特圈，这个行业不适合我，我想好好读书。"

———

15

**"也许稳定的生活最适合自己，
我逐渐学会去接受。"**

———

"我喜欢研究历史和社会人文，大学却在读一个根本不感兴趣的专业：会计。看着父母在事业单位度过一辈子，当初我告诉自己，不要和他们一样，没有亮点，人生灰白。现在我好像和他们一模一样了，有一种失落感，虽然也没什么好遗憾的，也许稳定的生活最适合自己，我逐渐学会去接受。"

"我不会成为爸爸那样的爸爸。爸爸情商低，不会经营家庭，因此现在我们很不团结。男人要拿出时间多陪伴孩子、老人和老婆，后面没有了支柱，打拼世界是很空虚的，事业和前程无人分享，这很可悲。"

———

16

**"我的梦想是成为一个很酷的语文老师，
去他的归纳狗屁段落意义。"**

———

"去年，我在台湾交换了两个学期。一开始，我被他们不一样的文化吸引；然而，待越久，发现越多的问题，慢慢的，我发现自己家乡也很好，所以我没有台湾情结。"

"我不喜欢我正在学的中文专业，太偏重于理论，我以前一直以为中文系是解读文学作品，看书喝咖啡，慢慢思考形而上的问题，但是事实上，教材内容都很教条，太可怕了，会抹杀人的创新思维。"

"我的梦想是成为一个很酷的语文老师，去他的归纳狗屁段落意义，我会鼓舞我的学生多读书。爸妈希望我找一份稳定的公务员工作，我也倾向于安稳，以前觉得当老师不好，但是现在能接受。十年后，我33岁，闭上眼第一个画面是，我回到老家，站在讲台授课，然后我说——'大家不要上课了，出去玩吧！'"

———

17

"你相不相信，
打游戏可以是一个人的梦想？"

——

"你相不相信，打游戏可以是一个人的梦想？"

见面后，这是他和我说的第一句话。

"我喜欢打游戏。从小，我的家庭不完美，影响到我的性格有点孤僻。在游戏里，通过建立团队，我学会了与人沟通和有计划地做一件事。以前念书，我是那种连书都不碰的人，后来玩游戏，有了团队，我也有了耐心，会去专心看攻略。那些攻略书又长又枯燥，为了通关，我竟然全部读完了。"

"我想问十年后的自己，如果我够努力，身边应该有些朋友了吧？"

——

18

**"我的梦想是成为沙龙主人，
认识许多神奇的人。"**

朱古力说话有趣，口出金句，她来自新疆。

在秦皇岛读预科，来到哈尔滨念大学，又去了台湾交换。

她的爱好是结识各路神奇大侠，拍照的、打鼓的、开拉面店的……通过她，这些神奇的人也彼此成为朋友。

"我的梦想是成为沙龙主人，认识许多神奇的人。"

"你永远听别人说，听别人讲，你总会后悔的，后悔没有亲自去做。经历了，一定会有它的意义。"

19

**"我有很多梦想,
但是我都不急着去实现。"**

———

北大哲学系的一位女学生,面对面告诉我。

"我有很多梦想。我想成为旅行作家,我想去政府机构工作,我想去经商,但是我都不急着去实现。"

"令人恐惧的并不是无路可走,而是当你走在一条路上,走着走着,发现岔路太多,不知道怎么走。就像是很多男生追女孩,追的一路上很有动力,追到了却不知道要怎么办。"

"我有一个台湾同学,喜欢赤脚,会赤脚走路去上学,赤脚走路去百货公司逛街,我问她为什么,她说,赤脚可以保持与这个世界的触感。"

"选择哲学系,我觉得无所谓将来的出路和收入,而是因为在学习哲学的过程中,我理清了许多人生迷茫,哲学让我有了工具去正确解读一件事情,我的内心获得平静,不悲不喜。这样的收获已经很巨大了。"

———

20

**"我的梦想是开办一家食堂，
记住，
不是餐馆而是食堂，
把天花板涂成星空的模样，
想想就很美呢！"**

———

"食物的品质会决定生活的品质。作为美食爱好者，我的梦想是开办一家食堂，记住，不是餐馆而是食堂，把天花板涂成星空的模样，想想就很美呢！"

阿 Su，来自湛江，正在广州读大学。

和她在一起，总有好吃的。她知道哪里可以尝到美味的黑叉烧，她知道谁家的牛轧糖有嚼劲不粘牙，她知道哪个西餐馆的马卡龙最正宗。她的包里随时能掏出一块士力架、一个面包、一盒蛋挞。

———

21

**"我来自离异家庭，
我的梦想是成为一名心灵导师，
让更多的父母看到孩子的优点，
让更多的孩子感受到父母的关爱。"**

——

"高中时候，我的梦想是去清华大学。我来自离异家庭，当时的梦想并不完全是我自己的，其实是妈妈的。进入大学，接触心理学和佛学，我发现回归自我是最重要的事情，因此有了自己的梦想——成为一名心灵导师，让更多的父母看到孩子的优点，让更多的孩子感受到父母的关爱。"

"敦煌很小，老家的人传统。我的男朋友也是敦煌人，我们相爱，可是家长都不同意。男朋友的爸妈不接受我来自离异家庭，有些意见，我妈觉得男朋友的爸妈是商人，也有些意见。我和他夹在中间，透不过气。"

——

22

**"我的梦想是去成为一个让自己快乐的人，
做一个很酷的大人。"**

———

"长春的夏天很凉快，城市不大不小，发展缓慢。张小姐和李先生，他们在这里快乐生活，白天上班，夜晚散步，街上人不多，地铁不熙攘，大家过得很安逸。"

"妈妈是老师，她希望我也成为一名老师，但是我不想，我的梦想是去成为一个让自己快乐的人，做一个很酷的大人。虽然我的大学专业是金融，但是未来我想从事新闻。每次看到新闻里那些记者冲在第一线，我就觉得媒体人很了不起，他们关心世界，我也想成为这样的人。我们活着，与世界有着千丝万缕的联系，新闻是和这个世界相连的一座桥。"

———

23

"十年后到巴塞罗那看场球赛就可以了。"

———

"我不着急去实现梦想，十年后到巴塞罗那看场球赛就可以了。"

"大学学习工科，我不喜欢这个专业。当初选择工科，只是觉得有一门技术，可以找到好工作，拥有足够的经济基础，支撑我去做喜欢的事情。一开始我是皇马球迷，但是后来追随梅西和巴塞罗那，了解加泰罗尼亚文化之后，更是一发不可收地喜欢巴塞罗那。"

———

24

"我喜欢销售这份工作，
我不介意喝酒文化，
喝醉了，
大胆了，
该讲的和不该讲的都说出来，
人更随和，
生意更顺畅。"

———

我曾经采访过她的男朋友，他们的爱情故事传奇而浪漫。来到北京，我迫不及待地想见到故事的女主角。采访结束，我才发现故事的 A 面和 B 面是如此不同。

她在旅途路上遇到正在出差的他，告别后，他们难分难舍。

他爱上了她的自由不羁，她爱上了他的沉稳痴情。

此刻，她坐在我的面前，没有新婚的甜蜜快乐。

"原本以为领了证，感觉会不一样，心会安定一些，没想到更乱了，还有点后悔。"

"怕我出事，他不让我继续出门旅游了。他还觉得我的工作不好，不像他那样在体制内，不如干脆辞职不做了。可是，他现在一个月能赚八千，十年后还是这个样子；我做销售，收入低，可是做得越久会越值钱。我不介意喝酒文化，喝醉了，大胆了，该讲的和不该讲的都说出来，人更随和，生意更顺畅。"

她悲伤地看着我，"我看过一部电影，讲的是一个男的娶了一个女的，不断改变她，逼迫她没有爱好没有自我没有未来，最终毁了她。"

———

25

**"个人脱离组织，
从而创造价值，
这是未来的趋势。"**

———

下星期，秦弋即将参加博士论文答辩。

在学校待久了，即将跨入 30 岁，已有妻女，他的模样却依然像本科生，厚厚的近视镜片，一件简单的白色汗衫。他来自新疆，"我和在新疆的老同学无法沟通，他们不再能理解我。"

他和妻子住在深圳，得知我来到香港，他约我在九龙塘的又一城见面。

"从深圳过来，电子签不用排队，到九龙塘或沙田见香港朋友很方便。来到港中文念书，第一年我住在学校宿舍，每天都很舒服，看无敌海景。后来搬到大埔墟，我的房间在菜市场楼上，单间，有独立厕所，小厨房，香港的房子一般没有阳台。大埔是一个区，别看那么市井，任何一个超市里面，货架上都是世界各地的好东西，而且不贵。"

"香港的文化活动很多，无须排队，门票便宜，和内地差别很大。去年沙田举办毕加索展，我怕人挤人，结果到了现场，人不多。最近正在举办宫崎骏吉卜力原稿展览，还有巴黎展，门票只要 20 元港币不到。"

"你的交换梦想项目，独立采访，我很感兴趣。个人脱离组织，这是未来应该有的趋势，有能力的个人往往会创造无可估量的价值。你去探寻一件事，摸索，然后定义，一直做下去，做好它，会获得许多的资源，得到财务自由，以及个人的职业自由。这不像是组织的职业化，组织的每一个 level 都有它的标准，然而你独立脱离组织，因此可以自己定义这个由你创造的职业。很多事情不是所有人都能做，你有条件做，有能力做，那就去把它做到最好。"

"生活里处处都有组织。公司是一种组织，学校也是组织。一个组织内包含了许多人，包含了种种的关系，为了共同前进，组织希望你变笨。学术界也有组织，为了得到领域的认可，很实在，取决于在权威杂志发表了多少论文。只要有组织，就有此消彼长的战斗。组织是职业的，僵化的，会抑制人的发展，不敢轻易释放权力给个人。"

"我认识一个很有趣的导师，年轻时跟着科考队一起去南极，常常走出实验室，四处冒险。这样的人之所以少，之所以特殊，因为在他那个年代，不像现在有那么多的博士，人少，圈子还没有组织化、职业化，换作现在，他很可能因为没有发表论文而被赶走了。"

———

26

"我的梦想是成为心理咨询师。"

———

"我想自杀，找不到活着的意义。当时朋友陪着，整整两周，从早到晚，为了确保我没事。朋友的一句话点醒了我，'你活着，可以用你的故事给人带来温暖。'我觉得整个世界忽然打开了一扇窗，那一刻开始，我找到了活着的意义。这句话也许听起来很简单，但就是因为这句话才有了现在的我。"

"我的梦想是成为心理咨询师。闭上眼，我看见十年后的自己穿着睡衣，深夜在电脑前给绝望无助的人回邮件。"

———

27

**"把事情做好，
为人民服务。"**

———

"2010 年，我来到北川工作。以为地震过去两年应该好了，没想到比能想象到的最坏情况还要坏，到处是泥沙，住在临时板房。刚到这里，谁也不认识，我加了北川村官的新人 QQ 群，都是和我一样大学刚毕业来这里工作的年轻人。"

"一开始工作，特茫然。重置灾民，事情太多了，而且都是紧急的。比如，临时要我们去处理几千户人的拆迁安排。没有人带着我们做，一团乱。等做错了，被领导批评，才知道怎么做是对的。领导以为大学毕业生什么都会，其实上了岗，我们什么都不懂。"

"最近的一则新闻，我很有感触。一个男孩，也是大学刚毕业成为村官，负责安排村民拆迁。亲戚和邻居纷纷向他诉苦，所以，他在每一次记录房屋尺寸的时候，数据填高了一些。被发现后，他被撤职，以'非法盗用国家资源'的罪名被告上法庭，关进监狱。我能理解他，因为我也一样，我想把事情做好，为人民服务。可是没有领导指导，没有法律概念，只能一边摸索，一边学习。一不小心，太容易做错事了。"

"很多人以为公务员九点上班，五点下班，看报纸，喝茶。可是，我们几乎每天都在加班和熬夜，越是基层越忙碌。大学时候我有个男朋友，毕业那年，他去成都一家企业工作。每次打电话，他总是以高姿态批评我，当了公务员等于放弃奋斗，贪图安逸。我无法改变男朋友的偏见，加上工作太忙，最后我们分手了。"

——

28

"我的梦想是一直参加合唱队。"

———

她是武汉大学的学生，计算机专业毕业，即将去美国留学。

大学生活，她最难忘的是每周合唱队的活动。

"以后工作了，结婚有孩子了，我还会继续参加合唱队。很美妙的感觉，当我在唱一个音，有人和我共鸣，一种默契的小幸福。成员们带给我家的感觉，他们认真生活，认真唱歌。我的梦想是一直参加合唱队。以后生两个小孩，组成合唱队，我一个声部，老公一个声部，孩子各一个声部，四个声部，刚好可以唱一首歌。未来的我，身体一定要健康，如果身体不好会很痛苦。爸爸妈妈也要健康，能经常见到他们，经常吃妈妈做的饭菜，经常一起去遛狗。"

"那时候要学会做很多复杂的点心，给我的小孩、老公做很棒的早餐，我觉得早餐非常重要，如果他们吃到了用心的早餐，每天的一开始就会有好心情。另外，之所以现在的我想出国，有一点是因为我希望我的孩子不要经历和我一样的成长过程，那是很残忍的，虽然我在经历的时候没有意识到，希望我的孩子以后除了高考，能有更多其他的选择。"

———

29

**"无论生活多么糟糕，
我从来不会一无所有，
因为我有音乐和爱我的家人。"**

———

她把我约在她的大学，我们绕操场散步聊天。

她从小学琴，学琴的地方离家远。小小的她背着琴，风雨无阻，每天独自去上课，"小提琴和女孩子的声音很像，很缠绵，很尖锐，情绪表现力丰富。那时候，音乐本身就让我很快乐，我知道这会是我一辈子喜欢的事情。"

后来，课业繁重，为了高考，她没有继续学下去。

此时，大学最后一年，站在人生的十字路口，她决定走学术的道路，远离社会。

"我做过两份实习，带来的震撼太大，我对这个社会心灰意冷。第一份实习，在一家著名的英语培训机构，我担任助教。学期结束，我被要求对每一个小朋友说，'你的英文还不好，需要继续读下去。'这样，他们交了学费，我的工资才有提成。第二份实习在报社，我调查了一个新闻，一开始被阻止，后来我硬是去采访，回来写稿，文章一直发不出去，报社不敢惹麻烦。"

"爸爸以前当兵，性格强势，为我规划了人生路，我无法适应他为我选的高中，度过了非常不愉快的三年，这件事令爸爸很内疚。他意识到，很多决定必须我自己去做，我的快乐是他最大的追求。这一次，爸爸没有强迫我。他说，不要担心未来，找不到工作就去他的铁路局上班。"

"我喜欢音乐，因为音乐可以记住时间。好的音乐是和美好的记忆融合在一起的。人会健忘，会觉得美好的事情只是梦境而已，怀疑自己，这一切存在过吗？我真的幸福过吗？所以多亏了音乐，好像闻到一股气味，记忆被唤醒，一把抓住时间。无论生活多么糟糕，我从来不会一无所有，因为我有音乐和爱我的家人。大学里每当遇到不开心的事情，我会回寝室赶快收拾东西，坐高铁回家。"

——

30

**"如果走得出去，
我想出国，
留在外面。"**

——

覃璐，她是我采访遇到的第一个少数民族年轻人。

布衣族，来自贵州荔波。小小的个子，性格爽朗，说话响亮。

"我刚毕业，在荔波找了一个公务员的工作，马上要回去了。签合同的时候很感慨，合同上写着五年，五年啊！青春就过去了。"

"在我们部落，进村一定要喝酒，都是自家酿的，过年更热闹，晚上宵夜选择也多，烤鱼香喷喷的。"

"现在部落变了，在以前，家门都不用关，特别安全，可是一些族里的年轻人出去打工，他们被骗，回来就用外面的招数骗族人。"

"如果走得出去，我想出国，留在外面。如果出不去，我会在老家开一家青旅，听外面的人告诉我外面的故事。"

——

31

**"我的梦想是把小时候写下的
'我想去做的 100 件事'
一件件做了以后画掉。"**

———

她 18 岁，刚进入大学，拿着一个捏皱的小笔记本找到我。

她说："我的梦想是把小时候写下的'我想去做的 100 件事'一件件做了以后画掉。"

我拿过本子，白纸黑字，像是法律条款，明明白白写着一二三四。

看到其中一条，我边读边忍不住笑出声，"第五，吃零食吃到吐。你画掉了！"

她很自豪，"是啊！那次我拼命往嘴里塞零食，本来已经吃了一下午，爸爸开车来接我，车一发动，我吐了一地。最近一次，我画掉的一条是'数学考到 100 分'。对我来说数学就像是噩梦，100 分简直登天一样难，我很拼命学习，终于得到满分，画掉的时候好开心！"

———

32

"以后，
我不想千篇一律地活。"

——

"今年冬天，放学后，我走进理发店，把头发剃光。接下去几天，一阵训斥，连我爸妈都觉得我有病，有天晚上，爸爸爆发了，他说，你都不知道你这样给了我多大的压力，作为你的父亲，你还是一个女孩，这样让我怎么面对别人！"

"做这件事情的初衷，我就是想试一下，听听别人会怎么看我，别人觉得我奇怪，我想知道别人说我的时候，我会怎么面对，我会不会脸红，还是憋着一肚子气。"

"有一次去饭店，我很纠结，是去女厕所还是男厕所，去男厕所的好处就是没有人会发现，去女厕所……就是没有好处。我进去女厕所，听见一个阿姨大叫，'哎呀，一个男的进去了！'我赶紧把门锁上，自己在那里偷笑，很有意思。我就是没有后悔。"

"以后，我不想千篇一律地活。"

——

33

**"律师梦没有实现，
我不难过。"**

———

"小时候，我的梦想是成为律师。高考没有考好，所以大学时期很迷茫。一个偶然的机会，快毕业的时候，航空公司来学校招人。我没有认真读书，但是视力好、身体好，最后被选中。现在，我是一名飞行员。刚巧今天早晨驾驶从海南飞往北京的航班，晚上有时间，所以来找你。换作大一、大二的时候，根本无法想象现在的生活。律师梦没有实现，我不难过。"

———

34

"我的梦想是去北京画画。"

———

"我在四川美院学习油画专业，我的梦想是去北京画画。我出生在农村，父母务农。高考填报志愿，我喜欢画画，我想要画画，所以填报了川美。但是爸妈误解，一听校名，以为我要考职校，极力反对。我觉得委屈，和他们说：'为什么画画就是坏孩子？'身边的同学和老师也没有人理解，我很孤独，最终仍然坚持填报了这所学校。"

"进入大学，每天下课后除了画室练习，就是打工赚生活费。这一年，我办了休学，我想创作一些自己的东西，不是跟着老师。艺术生的生活特别简单，整日整夜待在画室，一遍又一遍画画。"

———

35

**"我只想好好读书，
考第一，
这样就可以得到最好的实习，
去最好的单位工作。"**

———

"我承认，我是学霸。我来自浙江，从小，爸爸妈妈在外面做生意，我和奶奶一起生活。别人都有梦想，比如周游世界，比如买个大房子大车子，可是我没有梦想，我只想好好读书，考第一，这样就可以得到最好的实习，去最好的单位工作。现在奶奶住院了，我怕我来不及有能力对她好，我想快点赚钱。"

———

36

**"我的梦想是跨出第一步，
离开爸妈，
我不要一辈子像他们那样生活。"**

———

元旦夜晚，他没有出去放烟花庆祝，而是端坐在电脑前给我写邮件。

我们在锦里见面。他 24 岁，高大强壮。

他的家乡在四川的藏族自治区。山里常地震，但是日子照常过。

毕业后，在父亲的安排下，他进入成都一家私企工作。

"我的梦想是跨出第一步，离开爸妈，我不要一辈子像他们那样生活，我想去看看这个世界，去发掘自己，成为一个有故事的人。最难跨出的这第一步，也是最让我苦恼的，我的爸爸妈妈都是公务员，我们这一代大多是独生子女，我也一样，从小生活在父母的溺爱中。从小到大，我一直走在一条父母心目中的稳定道路上，看似幸福，但我的烦恼很多。"

"我想出去留学，可是爸妈不放心，他们说，我好好在他们身边，别无所求。而且爸妈已经买好了成都的房子，又不期待我什么。我很苦恼，很害怕走出去，你懂吗？这种害怕不是胆小，不是怕死，不是怕孤独，不是怕受挫折，而是害怕让爸妈失望。"

———

37

"梦想，
其实是对一种生活状态的向往。"

———

交换梦想出发，采访第一百位的时候，我见到了那个在最开始提议以红裙与我交换梦想的女孩。她已从加拿大回国，我们约在广州天河城见面。

她很高，一身成熟稳重的黑色着装。

这种感觉很特别，当初她的一封邮件带给我鼓励与动力，如今真人坐在面前，带来了那条她亲手缝制的红色连衣裙，可惜的是，以她的高挑身材作为标准，我无法穿上身。

她的梦想是成为一名服装设计师，虽然大学专业是与之毫无关联的数学系，但她没有放弃这个梦想，时常会去逛布料市场。与我交换梦想的连衣裙，这是她的第一件作品。

"未来我的模样，踩着高跟鞋，穿着阿玛尼，从事金融行业，活得很光彩，见到的人都是世界上最聪明的人。"

"梦想，其实是对一种生活状态的向往。我很清楚，如果想要享受生活，必须有资本，所以我选择填报数学系而不是服装设计。农夫和富翁，同样在沙滩上晒太阳，心态是很不一样的，我不想做农夫，没有经历风雨，傻傻地晒太阳。我想看很多东西，经历很多起伏，再去享受。"

———

3
CHAPTER

关于"交换梦想"的问答

我自知，回答提问，一一书写，这是一件危险的事情。言多必失，况且证据确凿。我也自知，任何的态度，任何的情绪，往往是一时的，此刻我如此坚定，毫不犹豫给出的答案，也许不久会在新阅历的历练下被彻底推翻。

但是，我仍然愿意认真回答以下来自读者的提问。

交换梦想采访的途中，因为遇到不惧怕表达自我的被访者，我一路走到现在，交出这部作品。我会尽我所能，诚实、详细地回答以下提问。

如何走出第一步？
最初"交换梦想"这个活动是怎么发起的？
做这个项目的初衷是什么？

1989 年，我出生于上海。从小，我的梦想是成为一名作家。原因很简单，唱歌、跳舞、体育等，我都烂透了，只剩下安静看书写作。

大学专业，International Communication，国际传播学。认真思考过，毕业后我应该会成为一名出租车司机，发挥专业优势，和不同的人聊天，做一个扰人的好司机。不同于理工科的实际技能，我们最擅长的是即便你来自非洲部落，我们也照样能和你做朋友，聊个三天三夜。可惜，司机的愿望暂时无法实现，开车这件事我也烂透了……

其中一门功课，Public Communication（政府方向的政策传播）。欧洲同学们都不太喜欢枯燥的理论，但是本人得益于中国"背诵全文"的基础教育，作为少数没有挂科的，得到机会采访欧盟荷兰地区发言人。因此，毕业后我很幸运，第一份全职的正式工作与此相关，在英国外交部系统的新闻处工作，恰逢伊丽莎白二世女皇登基 60 周年与伦敦奥运会，整个部门繁忙，入职后我很快独立负责一些事务。

起初感到振奋，认为能够通过新闻改变世界，拥有具备权威与权力的平台，况且打交道的人物都是平常难以接触的，如英国政要、中国地区领导，以及安迪穆雷、贝克汉姆、姚明……但是，工作一年后，我发现我的工作与我认为的新闻相去甚远，虽然我喜欢我的同事们，虽然我仍然认为这份工作是梦想中的完美工作，但这不是我在 24 岁时想做的事情。太平盛世的政治，无事便是好事，宏观庞大的叙述，没有我所期待的危机公关时刻为发言人写稿（说得好像国家危难的时候，还能轮到我来写发言稿……）。

这个时刻，一个想法冒出来。

刚回国，出版遇到挫折，读者纷纷留言安慰。有人说，既然想写书，那么无所谓出版社，可以联系印刷公司，然后开网店售卖。有人说，想买一本支持，但不知道应该给多少钱，不如这样吧，她的梦想是成为服装设计师，她想将她亲手制作的第一条红色连衣裙与我换书。有人说，这个想法很棒，他是一名医学生，每天读书很苦，他的梦想是成为一个对病人笑、耐心解释病情的好医生，他想用第一件白大褂和我换书……

一时之间，我收到来自许多人的温暖"交换"。可以说，"交换梦想"的雏形是由网络读者主动发起的。当时，我并不认为这件事具备任何的可行性。

工作一年后（2013 年），和媒体打交道，私下谈及我的困扰，坐在身旁的记者说："除非你有自己的项目，有一段充足的时间，你才有机会去做真正的新闻。"神奇的是，在那一瞬间我想到了"交换梦想"，于是辞职，付诸行动（此处没有省略十万字，做决定的时候很痛快）。

因此，"交换梦想"采访是在这样的契机下展开的：

1）动机强烈，初衷明确。我要去做的是我所定义的新闻，与宏大叙述相反，是一个一个平凡的在新闻事件之外的存在，是被当今主流媒体遗漏的 the stories untold（未被诉说的故事），没有耸人听闻的标题，没有吸引眼球的极端姿态，呈现的是一群尴尬的挣扎的中国年轻人。

2）资金充足。我的工作待遇不错，除房租和一日三餐之外，只有买书，生活粗糙，没有其他消费，存了接近十万元。

3）项目早有铺垫。已经有足够多的被访者。

执行的过程与预期稍有不同，交换物件，形式大于内容，因此被去除。但是，"交换梦想"作为项目名称沿用至今。

"交换"——双方身份平等，无人采访，无人被访，不提问，一起吃饭，一起上班，自然的交谈状态，最大限度还原生活的模样，通过观察记录。

"梦想"——作为难以被标准定义的抽象字眼，可以是向往的未来，可以是期许的目标，也可以是喜欢的自己的模样。最根本的，它指的是通往内心深处，关心我所遇到的人，了解对方的期待与恐惧，这是属于个人化情绪化的部分。

"交换梦想"——物质与精神的结合，形而下与形而上的交集。交换柴米油盐的现实生活，收获的是故事；倾听梦想，踏入他者的精神领地，收获的是想法。

采访的费用是如何解决的呢？

作为新闻项目，为了保证成果不代表任何组织或团体的利益，客观记录，"交换梦想"是完全独立的采访。以下为资金来源，按照比例，由高到低排列：

·工资存款；

·已出版书籍的版税；

·卖书众筹；

·杂志报刊不定期的稿费。

走了这么多地方，
都是你一个人吗？

"交换梦想"前期的出发准备，中间的奔波采访，最终的整理呈现，没有团队。

原因如下：

1. 根据采访经验，与被访者单独相处时，对方往往感觉安全，更愿意分享故事，说心里话。当对话超过两个人，容易演变为社交。

2. 采访的前期准备与后期的整理工作，诸如，录音转化为文字，视频转化为文字，暂时已独自完成，除了视频剪辑。

3. 为了保证采访的独立性，做客观中立的新闻，不代表任何组织的利益，"交换梦想"不接受任何企业或团体的冠名，因此在完全自费做项目的情况下，无额外资金支付给助手，更无精力经营团队。

4. 这是小众的具体的新闻项目，仅此一个。没有扩展项目的野心，没有商业化的倾向，没有品牌化的打算，也没有建立工作室的计划。

5. "一个人像是一支队伍。"

选择"普通人"采访，会不会很无聊？

根据观察，大部分与我联系的被访者，他们都有一个相似点——正处在人生转折的关键时间点。譬如，即将大学毕业，正在寻找工作。譬如，计划辞职或刚辞职。譬如，休学一年去旅行，旅途的尾声。譬如，新工作入职不久。

在这个特殊的阶段，他们激动不安。与我见面，目的是进行倾诉与分享。

采访过程并不无聊。被访者第一次有机会面对陌生人，不赶时间，将整个故事从头到尾诉说，因此他们在诉说的过程中，如同再次经历当时的情境，全是细节，全是感受，来不及润饰，来不及遮掩，作为听故事的人，我常常感到身临其境。（也许换个角度，被访者的确不擅长自我表达，诉说故事没有技巧，缺乏逻辑，不断岔开话题，有时冗长，考验耐心。但是，我不觉得无聊。）

你怎么能做到和陌生人聊出精彩的内容？

在大学的时候，我曾接受系统的新闻记者教育。毕业后，工作期间，从事新闻相关的职务。但是，对于采访，我飞速成长的阶段是辞职之后，全职做"交换梦想"项目。

整整两年，高强度的采访，使我对于"新闻记者"有了以下的个人经验：

1. 相对于提问，倾听是一种主动了解被访者更好的途径。

倾听的时候，适时进行回应，或者重复一遍对方说的某一句原话，对方感知到被认真对待，会被鼓舞，谈话的气氛会越来越融洽。举一个相反的例子，记者如果没有认真倾听，有时候对于一个问题的答案，被访者可能也回答了其他的相关问题，记者若是再提问，被访者很可能重复之前所说过的，内心逐渐减少对记者的信任与耐心。采访的氛围是能被记者与被访者相互感知的，倾听会有效地营造良好氛围，说得奇妙一些，采访是两个人的气场交汇。

2. 交谈的时候，不建议使用仪器设备。

长期习惯录音笔或摄像机，记者容易产生依赖心理，认为回家后可以反复重听录音，于是不再专注谈话，眼睛看着对方，然而心思四处飘散。这样对采访会带来负面效果。一方面，与被访者的对话会逐渐演变为"我问你答"的方式，很机械，无法深入挖掘也许埋伏在对方某一句回答中的故事。另一方面，如果采访的最根本目的是记录对方真实的生活状态，仪器会破坏气氛，若被访者发现手机正在录音，意识到句句都会被确凿地作为证据，记者将因此失去来自被访者的信赖。出于自我保护的本能，被访者会回答得笼统模糊。另外，不录音，不拍照，不摄像，最好将手机放在视线范围之外。我曾被记者采访，当我回答问题时，对方低着头在发微信聊私事，作为被访者，没有得到尊重。信任是相互的，尊重也是相互的。以及，依赖电子器材是有风险的，一旦设备损毁，采访则取决于记者的记忆力与观察力的细节。

无论如何，用心倾听，百分百专注，这是高智能设备所不能替代的。

3. 采访的前期准备不建议太充分（仅限"交换梦想"类似的采访，为了还原对方生活中的模样）。

防止内心有预设或偏见，并且防止采访过程产生套话的现象，提出明显具有导向性的问题。无意识中，被访者跳入早已预设的新闻标题中。正确的前期准备，记者见到被访者前，先有大概印象即可。见面后，一切认知清零，通过共同生活、细微观察，逐渐丰富对方的形象。写稿阶段，反复阅读对方信件与其他资料，进行分析与呈现。

4. 记者的热情对于采访成败具有关键作用。

缺乏热情往往是因为无相关的生活经验，不能感同身受。人与人聊天，之所以聊得畅快，普遍原因是拥有共同话题。对于陌生人的初次见面，共同话题是打开心扉的一把钥匙，也是获得"自己人"归属感、认同感的切入点。因此，对于记者，相比在某个特定行业首屈一指，更需要的是丰富的生活体验，以及情感的敏锐细腻。

5. 己所不欲勿施于人。

大部分人不喜欢被咄咄逼人式地提问，大部分人也不喜欢不被尊重地对待。以及，己所欲则施于人，以你想被对待的方式对待对方，保持礼貌，保持热情，保持真诚，逐渐地，对方也会以你的方式回报。

6. 外表的存在感越低越好。

外表很重要，人们更倾向于和看起来不那么具备攻击性的人交谈（打扮太隆重，妆容太漂亮，珠宝太昂贵，这也是一种攻击性）。出于本能，被访者第一眼见到你的形象，会成为将来不断被稳固的标签，因此初次见面，记者的穿衣打扮会对接下去的采访带来一定的影响，不要奇装异服，不要过分暴露，不要有明显的品牌标识，也尽量隐去性别。最好的服装选择，存在感低，不分散对方的注意力。

7. 每一段采访结束，去新采访的路上，这段间隙是一个清零的过程。

无论上一段采访如何糟糕，如何惊险，也无论此刻的私人生活如何令自己心烦意乱，如何纠结不清，所有这一切必须被放下。出现在新的被访者面前时，如同翻篇到新一页的笔记本，开始书写新的故事，能量满格，热情洋溢。事实上，如何完成每一段清零的过程，我认为这是整个"交换梦想"采访最具挑战的部分。

8. 没有糟糕的被访者，只有不会引导聊天话题的记者。

有时候，连续遇到同一个聊天主题的被访者，这并不是一件坏事。一些话题初次听的时候，很精彩，很新鲜。听多了，旁观者会认为都差不多，这时，记者的心态需要调整。同样一个话题，每一次接触，记者对于这件事的认知是不断深入的。每次与新的被访者聊天，话题会越来越具体。哪怕记者本人没有做过这件事，但是因为聊得多，聊得深，和不同的人聊，他拥有的视野很特别，如同在直升机上俯瞰整个森林。

9. 媒体平台的性质会对采访带来影响。

一位机关报社的记者与我聊天，她遭遇采访瓶颈，她说，每次提问，对方总是给出笼统的回答，很难写稿子，她羡慕我，遇到的人似乎都愿意和我分享故事，说心里话。她问我有没有窍门，我认为最根本的在于我没有团队，也不属于任何企业或者单位。独立性很重要，确保没有来自上级的压力，也确保不是任何人或者组织的发声筒，更容易获得被访者的信赖。

10. 每一次的采访都是一次虚拟的灌输。

采访之前，必须倒空自我，不是"我有观点，你有观点，我们来辩论"，而是"放心，你可以在我面前说任何你想说的，告诉我所有你的想法，以及为什么你会有这些想法"，允许对方向你灌输。一旦告别，记者仍然拥有原先的观念和立场。否则每一次倒空自我，被他人灌输，这很危险，容易迷失。为什么要倒空？被访者愿意敞开心扉，首先是因为记者外表看起来不具备攻击性，其次是记者内心不具备攻击性，被访者感到舒服，感到安全，感到自己不会被评价，于是开口说话。举例，我遇到一个 19 岁的女孩，她很喜欢林俊杰，用标签形容，她是"脑残粉"。抱有成见的记者往往会和她探讨追星应不应该，但是，倒空自己的状态，去听一听她的生活具体是怎样的。她说，想到林俊杰，很感激，"还好有你可以信仰。"她用了"信仰"这个很重的字眼，我静静地听她解释，她说，那段日子，感觉一切很糟糕，好朋友不理她，弟弟不听话，妈妈病倒，爸爸也很劳累，她的天都要塌下来的时候，耳机里听着林俊杰的歌，还好至少有一件事情保持原样，她很安心。这一段采访，我的最大收获就是倒空自我，允许对方灌输，不要提问，因为提问的时候，你的措辞、你的语气都在透露你对于被访者的评价，都在透露你自己的想法，轻则吓跑对方，重则引起对方的愤怒。有耐心，不带成见，使对方感到安心，你会收获更多故事，毕竟，观点永远比不上故事来得迷人。

最后，"交换梦想"采访的顺利，很大程度是因为我在最初设置了规则：只接受邮件报名者。这意味着，首先，被访者认同这件事，与我有共同语言，我们具备某些共同点。其次，最基础的，被访者了解"交换梦想"，见面时省去了我的解释，省去了尴尬的自我介绍。以及，这些人有预判，他们知道自己的角色，他们是带着倾诉的目的来找我的。

你最害怕遇到什么类型的被访者？

我有一个经验，十八九岁的被访者，他们的故事不多，但是爱说"二手的人生大道理"，可能处在迷茫阶段，许多观念正在形成的过程中。因此，每次遇到大学生，我已做足心理准备。

一位朋友很反对，不支持我这样做，他认为浪费时间，对写书亦无贡献。我没有听从劝诫，反而认为这是值得的。十年后，再次见到这群人，那时候才是真正说故事的时候。我不急，我有耐心，我愿意等待。

如何让自己既去理解又不承载他人的沉重？
如何消化那些负面的东西呢？

我曾经采访一名记者，她准备辞职，因为记者的身份使她迷失自我。有时，采访那些地位很高的人，她会有一种幻觉，认为自己能和对方平起平坐。也有时，采访那些心理灰暗的人，她会动摇，被影响。

对我而言，作为一名写作者，习惯于游离在大集体之外，因此采访的时候，常常置身事外，这不但保护了我，也使我一直保持对于人的好奇心。

记者的职责是记录，而不是去消化被访者的沉重。

每一段采访，目的是理解客观事实本身，看清哪些具体的事情使被访者沉重、沉重的本质是什么。在我的世界，每一件事是这样的逻辑顺序：what（什么）—how（怎样）—why（为什么）—solution（解决方案）。

被访者告诉我 what（一件什么事），对话的过程中，我更清楚 how（怎样发生的，怎样进行的，带来怎样的影响，引发怎样的情绪，造成怎样的问题）。然后，找不同领域的专家分析 why（这件事为什么会发生），得出 solution（应该怎么处理）。

因此，记者的角色都在 how 之中。客观记录，没有评判。

坚持自己的梦想是不是一件很难的事情?

项目的发展有没有偏离初衷?

如何把握项目方向?

"坚持自己的梦想是不是一件很难的事情?"面对一位我很欣赏的被访者,我曾经问过一模一样的问题,她的答案很有趣,她说:"难道要去坚持别人的吗?"当时听了,一笑而过,现在回忆,似乎有道理。对比看来,坚持他人的梦想(父母的、朋友的、社会的……)其实更难。

可以自信地回答,直到现在,"交换梦想"没有偏离初衷。

把握方向的秘诀很简单——放弃那些不要的,剩下的自然都是想要的。

放弃一份喜欢的理想工作,这是交换梦想最大的代价。因此,走出办公室,我完全没有辞职的轻松感,仿佛前一脚跨出了正常上下班的生活,后一脚踏入日夜奔波的采访项目。整整三年,我不断提醒自己,我只是从一份工作转换到另一份工作中。

香港采访期间,体验港漂生活,住在新界的简易棚。特别有感触,想到上一回来香港出差,住的是公司安排,靠近维港的五星级酒店。这样的时刻,更提醒自己辞职的初衷。

"交换梦想"采访期间,我放弃了成为旅游网站的代言人机会。陆陆续续,三家旅游网站找过我,想借"交换梦想"作为战略合作。的确,我曾被诱惑,不但能免费去世界各地,还能拿到可观的代言费用,不错的食宿,随行的专业摄影师……做出放弃的决定,肯定会犹豫,这是必须经历的阶段,在那以后,由于付出过代价,目标会更清晰。如同雕塑,那些被挖掉的部分才会塑造出形状。成长到了一个时间点,那些扔掉的,使我们成为想要的模样。

有没有很想念家乡、想念家人的时候?

那是在什么情况下?

　　有一回在北京,到一个被访者家里吃饭,她妈妈穿着她初中时候的校服,她很生气,觉得妈妈总是很节省,舍不得花钱。吃饭的时候,妈妈做了一桌家常小菜,其中一道菜,筷子夹起来,有一根妈妈炒菜时掉下来的白头发。

　　这些小细节,让我想到在自己家同样发生过一模一样的画面,一模一样的对话。

　　采访结束,我坐在公交车上,打电话回家,只是很想听妈妈的唠叨。

在外旅行这么长时间,不可能一直按照自己计划的那样,

总会有预想不到的困难,遇到过的最危险的情况是什么?

怎么处理的?

　　最危险的情况发生过一次。发生的时候,觉得命悬一线,我写了遗书。在西藏,坐长途小巴,当时从八一镇去波密县,没有修过的土路,沿着悬崖,地上一个个泥坑,有段路不得不下车,轮子陷在坑里,在悬崖边推车。天黑了转山,一个转弯,前面的路看不清楚,只有一条车道,时不时突然出现一辆车,狭路相逢。司机不留神,可能整辆车掉下悬崖。长时间憋尿,加上转山头晕,这样的状态下,我在手机里写遗书。下车时腿软,被访者来接我,一个藏族女孩,我提着行李,抱着她大哭。

　　不过,回程是原路,又坐了一回长途小巴,淡定许多。没得选,路况就是这样,当时铁路还在建,去西藏的县乡采访只有小巴,我又不想留在拉萨听背包客的故事,所以只好出发,剩下的交给命运。

　　连续两年,与陌生人共同生活,我没有受到伤害,在我看来,原因是综合的:

　　1. 我是一个无可救药的被迫害妄想症患者,疑神疑鬼,常常被自己吓到,被迫害妄想症也许在一些时候是坏事，但是，被迫害妄想症无疑也救了我很多次命。以最小的事情作为举例，我总是行李不离身，包括坐长途客车，一定将所有行李箱都扛到车上，塞在脚下。

2. 采访一路平安，一部分原因是我没有采访在我认识范围之外的人。我曾经遇到一个编导，他建议我去采访应召女郎、黑社会老大以及吸毒人员。我没有和这些人共同生活，进行采访，首先他们就不是我采访的对象。出发的时候，我很明确，我想采访普通人，那些勤勤恳恳做好自己的事情，默默的一群人。

3. 我是一个悲观的人，因此对于陌生人的猜忌和冷漠，我认为非常正常，是应该的，反而遇到了一丁点的真诚、一丁点的温暖，在我心里会被放大很多倍，比如，别人带我回家，准备了干净的床铺，还特地给我配了一把钥匙，我已经觉得很感激。在大连，一位被访者甚至为我木桶装热水，撒玫瑰花，认为我四处奔波，应该放松一下，好好泡澡；在澳门，被访者不但给我钥匙，还给我当地的电话卡，考虑很周全。我整个人像漂浮在棉花糖中一样，融化了。如果把人与人的关系看淡，懂得自我保护，把那些温暖不看作是理所当然，把信任看作是需要时间去获得，那么，很容易摆正心态，收获巨大的感动。

这个"梦想交换"的项目你还要做多久？

"交换梦想"项目一共分为上、下两个部分。

目前上部分已经完成，下部分会在十年后执行。

项目结束的状态，我一直预设为资金用完的时候。因此，为了见到更多的被访者，连续两年马不停蹄，从黑龙江漠河北极村的青旅老板，到香港住在新界屋顶简易棚中的港漂，从喀纳斯骑马的蒙古族少年，到西藏八一镇刚毕业的公务员，从北京住在胡同里喜欢研究精油的北漂，到佳木斯发电厂的一线员工，从鹰潭的工厂采购员的出差之旅，到沈阳中国医科大学的校舍生活，从昆明喜欢粉红色却穿得一身黑的女特警，到东莞工厂向往成为销售编写传奇广告词的打工人员……我见到了很多人，听到了很多故事，去了很多地方，收集了很多梦想，体验了很多不一样的人生。

没有想到，采访结束不是钱用完了，而是长期奔波，三餐不定，身体崩溃，被送进医院。

出院后，在家休养，写稿的时候，意识到我已经超额完成了最初的期待，可以到此为止。

因此，利用剩余资金，我飞去冰岛，生活半年，完成了一个更挑战自己的采访项目：在冰岛街头和陌生人聊天，为每个遇到的人拍一张照片。

一觉醒来，此刻依然年轻，我愿意尝试更多的挑战（指的是采访、写稿这方面的，唱歌、跳舞、体育等，永远不想挑战）。

"交换梦想" 公开版的意义是什么？

最初办公开版，原因是我常常收到邮件，很多人表示没有故事没有梦想，无法邀请我共同生活，但是希望能够得到机会，去听一听别人的故事和梦想，获得启发。因此，"交换梦想" 公开版活动提供机会，让更多人体验我的角色。

大部分承办"交换梦想"公开版活动的是各地大学，对外开放，免费，无须报名。我在现场主持，任何人自愿上台分享。后来，逐渐地，我发现"交换梦想"公开版带给我意外的收获：许多人纷纷向我反馈，"原来这件事没有那么浪漫啊！"

每次的活动进行到最后，往往在场人数只剩下一半。"嘉倩，太无聊了，很多人上台说故事，我都听不出他们的重点，所以提早走了。"有的人上台，只有形容词没有具体事件；有的人上台，本来想说故事，没想到两句话概括完毕，然后大段大段发表感触，听得台下睡倒一片；有的人上台，开始说故事，绕来绕去……

其实，现场发生的这些状况，当我采访的时候，也遇到过。

至于那些坚持到最后才离场的人，我无法猜测他们追求的意义是什么。我收到过一封邮件——"谢谢公开活动，听过了那么多人的故事，我突然不羡慕任何人了，也不羡慕我本来以为轻松容易的生活。为了想得到的，每个人都要付出同等代价，真的是如此，从来没有人会轻而易举地快乐，除非要得少，大部分人没有说出来受苦的过程而已。"

交换梦想，最大的遗憾是什么？

到目前为止，不留遗憾。

一切刚刚好，太早的年纪做交换梦想，许多事情还没想清楚，面对年纪比我大的人，我无法驾驭谈话；太晚的年纪做交换梦想，身体可能吃不消。

一定要说遗憾的话，可能是没有去台湾。连续两回，第一回，入台证有了，机票买了，当地的被访者也已经安排好时间，但是出发的当天我整个人不在状态，恐慌之前堆积的采访稿太多，到达机场我已经错过登机时间，我认为我无法带着恐慌的心好好采访，于是选择退票。第二回，一年后，差不多的状况，除了机票没买，其他都准备好了，但是我的身体状况糟糕，不得不取消。

在台湾邀请我共同生活的人，虽然没有成功见面，但是我们断断续续保持联系。其中一位从大陆嫁过去的妈妈，在台湾的科技公司上班，得知我一路录制许多视频，特地寄给我移动硬盘。为了表达感谢，我给她的两个孩子寄去了小熊公仔，我们约定日后再见面。

我想知道，你是否还和这些故事的主角都保持着联系，

他们是朋友还是只是过客呢？

那些早期的被访者，他们的梦想进行到哪一步了呢？

刚启动项目，在广州采访，离开的时候，舍不得走，动了真感情，上车大哭一场。那段日子，每天和不同的人聊到天亮。通过我，这些陌生人也相互成为朋友，没有利益关联，一群有趣的人，形成一个轻松自在的圈子，出来喝茶畅聊。进入成人社会，这种人与人之间的关系很难得。

接着，在东北采访，我和一个女孩相处很久，无话不谈。每当遇到不顺心的事，第一时间会给她打电话。

但是，尝试写稿的时候，问题出现。那些我看作是朋友的人，我很难中立客观地去写他们，也因为彼此信任，了解深入，我无法拿捏究竟哪些是私密的信息，哪些是采访的素材。

后来的采访，逐渐摆正心态，我是出来工作的，不是游玩，也不是结交伙伴。共同生活的时候，我付出真诚；告别后，我尽可能退出对方的生活，保持一段距离（当然，人始终有情感，其中一些被访者仍然成为我的朋友）。

大部分被访者与我互加微信，因此，即使不联系，我也偶尔在朋友圈见到他们的新动态，有人结婚，有人辞职，有人出国。一些人令我感动，在他们人生的转折点会写信发到我的邮箱，将我们见面那次告别一直到最近发生的所有事情都写给我。

我只是一个记录者。形象的说法，对于被访者，我的角色是幽灵。一个时间点，我来到他们的生活中旅行，捕捉真实，然后不留痕迹地飘走。接下去，十年后，再次见面。

十年后你还会找那些和你交换梦想的人，
分享这些年的经历和梦想吗？

最初设计"交换梦想"项目，我期待的模样是：来到被访者身边，共同生活1~3天，为对方拍一张照片。十年后，重新找到被访者，再次共同生活1~3天，再次为对方拍一张照片。

刚开始执行项目，我发现，与被访者共同生活时，拿出相机是一件不自然的事情，况且我遇到的大部分被访者站在镜头前会恐慌，不自然。因此，我更改项目计划，从可操作性出发，完全取消照片，取而代之，在告别的时候，我会做两件事：

1. 与被访者拍合照。

2. 录制一段视频独白，被访者面对镜头，我在镜头的另一端，根据共同相处后对于被访者的了解，我有针对性地进行提问。

选择以视频的方式采访的原因，一方面，被访者通常紧张，聊久了，逐渐忽略相机，轻松自然；另外一方面，相比照片，视频更具震撼力，容易唤起回忆。大部分被访者在日常生活中没有这样的机会被视频记录，也没有这样的机会口述当前的生活状态，更没有这样的机会向十年后的自己诉说梦想。

每一位被访者的视频录制时间至少一小时。根据对每个人的了解，除了量身定做的一些问题，所有人都会被提问：

1. 如果有机会与十年后的自己面对面，现在有什么困惑希望十年后的自己解答？

2. 想对十年后的自己说什么？

3. 十年后，有了孩子，你会成为爸爸那样的爸爸，或者妈妈那样的妈妈吗？

十年后再次见到每一个人，录制新的视频，回答十年前的自己提出的问题，应该会很有趣。十年后的项目计划：重新找到每一位被访者，一起观看当时拍摄的视频，再次共同生活，再次拍一张和当年同样表情与姿势的合照。

之所以是十年后再次见面，因为大部分被访者的年纪为18~27岁，接下去的十年，会是他们人生最为颠沛流离的阶段。

"十年"是一个概念，具体多久后再见面，尚未确定，也许是七年，也许是十二年。

这个阶段，开垦土壤，埋下种子，十年后才是真正说故事的时候。

进入 30 岁，很多人变得沉默，不再轻易说自己的事情，学会了应酬，学会了自嘲，学会了一笑而过。在我建设的理想模型中，十年后，当我带着当年录制的视频，再次出现在被访者面前，由于十年间缺少联系，再次见面，对方看见我，如同见到十年前的自己，会有微妙的心理状态。我有一个理论：见到了曾经的恋人，我们为何会触动？有一部分原因是我们想到了那个时候那个状态的自己。正是这样的效果，十年后，被访者见到我，如同当年的初次见面，坦诚回顾这十年发生的故事。

收集这些故事，汇总在一起，那将是一个时代具体的模样，那将是可追寻的生命轨迹，那也将是真正的 stories untold（未被诉说的故事）。

另外，那些作为交换梦想的物件，十年后我会一一归还。护士服，白大褂，军衔，自制连衣裙，台球杆……我很期待将这些梦想半成品重新交到被访者手中，他们又会是怎样的情绪？自豪？惊喜？失落？悔恨？

不过，有一件事使我感到困扰：所有被访者，我都没有留下联系方式。那么十年后，我该如何找到每个人呢？（我的逻辑是这样的：留下电话号码，留下邮箱地址，以后很有可能都会改变。暂时的解决方案是寄希望于网络。）

固然每个人的梦想都值得尊重，但能公之于众能阅读到的总归是一部分，你觉得在文章中作者应该偏向"对被访者负责"强调事实，还是"对读者负责"强调可读性？

从根本上，"交换梦想"是新闻项目，真实性是它的生命所在，因此，我更倾向于对受访者负责。不过，当我将所有素材整合，开始书写，的确曾经为此困扰过。

之前读一位人类学学者的作品，他也坦言，一旦与被访者产生感情，在书写的时候，尤其公之于众，会很为难。我能理解他的为难——相处越久，信赖越深，知晓的私密越多，挖掘的素材越深刻，若全部写出，颇有出卖朋友的负罪感。

大学时候，学习新闻发言人的课程。第一堂课，老师教导，要时刻记住，面对记者，永远没有 off the record 的时刻。（"你私下里在炸鸡店三杯酒下肚瞎扯时说的，第二天照样会成为报纸头条。"）

但是，当我成为记者，换位思考，有所为，有所不为，这是我认为的新闻从业者的江湖规矩。不知道从哪里来的使命感，我认为有必要保护我的被访者。尤其，面对我，被访者们往往人生第一次有机会向陌生人完整诉说他们的故事，因此，没有丝毫的修饰，都是细节，都是感受，事无巨细。

思考如何呈现，选取哪些内容，这个过程中，我发现了三个难题：

1. 书写他人的人生经历，与小说不同。小说故事往往由细腻的情节带动情绪，但是，我书写的是真人真事，必须根据对方给我的素材进行编辑。这很难，容易写成报告，可读性差，我该怎么办？

2. 一旦有任何细节的造假，被访者站出来指正，将对整个项目带来糟糕的影响，代价很大，我喜欢这个约束机制，使本书全部内容以最大的可能做到客观真实。但是，不可能做到百分百的真实，况且人的记忆力会有所偏差，如果有其中一位被访者站出来，声称不记得说过某段话，或者推翻曾经说过的故事细节，我该怎么办？

3. 为了呈现故事的真实性，哪些关于被访者的信息是可以公布的？以及，故事的内容，我该怎样既确保完整诉说一个故事，又同时删减涉及被访者过于私密的信息？

解答以上三个问题，我最终找到了一个最佳方案：以被访者言论的形式呈现，摘取最令我触动的独白。如此，信息有证可查，源于我为对方录制的视频，有一部分来自现场录音，少数摘自对方发给我的邮件。

关于被访者的信息，我公开以下信息：

·截取被访者在视频中的画面。

· 书写一段采访笔记，与被访者之间的互动。

· 公布被访者的年龄、职业，以及见面时所在的城市。

· 有选择地公开被访者的真实姓名。

"交换梦想"的图书作品，
书写时是怎样的一个过程？

事实上，最具挑战性的并非采访路途，而是采访结束，坐在书桌前整理笔记、撰写稿件。这很孤独。一个月的采访，大概需要同等的一个月进行整理与写稿。因此，为期两年的奔波，也需要两年的时间完成作品。我给自己的时间是一年，全身心地投入其中。

将视频、照片、笔记、录音等材料整合，这个初始阶段考验耐心。三个月的时间，每天醒来，坐在电脑前开工，除了上厕所，吃饭都是在电脑前，直到凌晨眼睛发酸，倒在床上，瞬间睡着。所有材料整理完毕，80万字，打印出来，稿件堆成山。

接着，又是三个月，反复阅读，大刀阔斧删减，密密麻麻做笔记补充。同时，整理不同的线索，从出版物的可读性考量，按照地点、人物、职业，或其他的逻辑。一次次尝试，一次次推翻，一次次重来，将素材以不同形式组合成为草稿本。这个过程无人可求助，只能慢慢摸索，挣扎出一条路来。出版前，根本不知道是不是对的，有没有更好的。

剩下半年，进行文字修改与内容更正。整体呈现的逻辑已经确定，但是具体到每一篇每一个人的故事会稍有改变。一遍一遍又一遍，书稿完成，交给出版社。一刹那，文字创造了一个世界，这个世界有它自己的命运，有它自己的运转方式，不再与作者相关。一本书完成了，你知道它活了，它永恒了。

后记：一部"新闻作品"

我曾经进行试验，将书中的部分内容与朋友分享。

有一篇，记录的是一位医学生的言论。他说，他的梦想是本科毕业，不再读研读博，直接回到县城老家成为医生，他没有远大的志向，能够下班后和朋友们吃烤串、喝啤酒，留在父母身边，这就是他想要的幸福生活。

与他同样是学医的朋友进行解读，认为这样做也不错，如果能有更多这些人，将会造福县乡人民，提高医疗水准，因为大部分医学生为了实现个人理想，往往选择进入大城市的大医院，造成其余地区的人才缺失。

然而，我的另一位朋友则由于近日经历家人生病，需要经常与医生打交道，内心有所触动，认为这不是未来医生该有的想法，某种程度上，甚至是不负责任。

至于我本人，此番言论则引发以下的思索：通过这一路采访，从一开始的震惊到逐渐接受一个事实——原来许多人并不将工作视为事业，而是赚钱的工具，严格区分工作与生活的界限，在他们的概念中，喜欢的事情是下班后才去做的。毕竟不是所有人都那么幸运，能将爱好作为谋生的手段。那么，为何一定要苛求每个人必须对于他的本职工作拥有伟大牺牲精神呢？（有人学医，可能如同学习会计专业的部分学生一样，填写高考志愿时没有概念，在家长的引导下，认为毕业后具备一技之长，容易找到工作。）从这位医学生的话语，我意识到，脱下白大褂，医生也是普通人，也有他们所追求的幸福生活。

一个人的一段话，不同人思考，带来如此天差地别的解读，在我看来，这是作为记者应该做的事情，这是真正的新闻——将信息客观呈现。

当然，之所以用这个故事举例，因为没有被收入其中，确保为读者营造这样无任何价值观引导或灌输，进行独立思考，或有朝一日，结合不同领域专家的分析，成为有所贡献的原始素材。

书写"交换梦想"的稿件，很长一段时间，我处于失语状态。最初澎湃汹涌的表达欲望，不断被克制。项目的上半部分已经完结，辞职做采访的整整三年，跨越了我的 23 岁的尾巴与 27 岁的开端。我意识到自身能力的有限，我仅能将这一路采访的素材公之于众，至于这些经验带来的收获，重新塑造的对于社会的认知，且待来日与诸位分享。

三年后……

2013 年 2 月，出发。　　　　　　　　　　　　　　　**此时，2016 年 3 月。**

这三年的时间，我的生活发生了许多改变。同样的，我的采访对象们，他们的生活也改变了许多。

002　商守航

他仍然在调度中心工作，仍然在追每一场五月天的演唱会。

004　罗伟

他离开了武汉，目前在深圳工作。

006　刘羴

老样子，拍照是她的全部生活，联系她只能通过电话或短信。

014　董鑫

正在北京从事媒体行业。

028　张宗毅

最近一次联络，他换了工作，正在德国出差。

034　邱杨

正在葡萄牙出差，担任翻译。

035　佳琳

她至今没有辞职，但是找到工作与生活的平衡，经常与丈夫开车，周末短途旅行。

058　王诏

一直坚守岗位，百姓休假她执勤。最近养了一只萨摩耶。

059　张子琳

早已告别他所厌恶的会计行业，从事留学领域的工作，同事是他的好哥们。

064　曾永杰

热衷运动，下班后打网球和游泳。

066　文蓁

已经结婚，被单位分派在不同部门。过着幸福的小日子。

072　金恺迪

忙碌的医学研究生的生活之外，去年完成阅读 24 本书。

刚才我和他见面吃晚饭，他从法医鉴定所出来，解剖完一具无名尸体。

089　俞嘉薇

她曾经教的第一批高一学生，如今早已进入大学。

她仍在讲台前，站得越来越稳。

090　董大钊

大学毕业，回到日夜思念的上海，签约了向往的公司。

095　正赫

顺利考取研究生，对于工科产生热爱。

096 Winnie

与外籍男友感情稳定，飞行之余，两人周游世界，近日在印度。

107 彭崧猷

正在法国，相比曾经，生活得更丰富。

114 冷夏

辞职后，真的去做了她向往的事情，从事青年空间的活动，充满活力，染了彩色的头发。

116 陈曦

孩子们称呼她为解放军阿姨，目前为通信团排长。

私下的时候，仍然充满活力。

119 串神和梦梦

坚持开咖啡馆至今，去年参加了世界咖啡大赛。

125 小兔

此时，她在日本生活。

135 盛隐瞳

她考研前的夜晚我们通话。现在，正在等待结果。

相比外面的世界，她认为安静做学术，这是目前阶段她想要的生活状态。

137 刘思宇

她同时在做三份工作，无休假，充实忙碌。

租房，养一只猫与一只狗，北京是她的家。

———

这些文字，这些人，包括读这本书的你，故事未完待续。

因此，这本书是有生命的。

十年仅仅是一个抽象的概念，无论如何，我都会再次出发，找到这群人。

十年后的你，在哪里？

你身在的地方天气好吗？抬头有蓝天吗？

等一下回家，打开冰箱闻到什么食物的气味？

一打开门，是不是你期待的那个人出现了呢？

十年后的你，是不是做着你真正喜欢的事情？

成为你真正喜欢的人了呢？

———